説

安政くだ狐

首斬り浅右衛門人情控③

千野隆司

祥伝社文庫

目次

前章　黄楊櫛《つげぐし》

一

「はやく寝ちまいな。起きていたって、朝にはならないよ」

月のない夜空を、ため息をつきながら眺めているお房《ふさ》に、母親のおろくが言った。

「分かっているよ。明日にならないと、あの人は来ないもんね」

腰高障子《こしだかしょうじ》を、お房はがたぴしさせながら閉めた。昼間のうち少し雨が降ったが、今は晴れている。十月も二日になって、やはり戸を開けておくと、冷たい風が九尺（約二・七メートル）二間の裏長屋に入り込んでくる。おろくは、さっさと眠りたいのだ。

昼間は襦袢《じゅばん》の仕立仕事をしていた。疲れているのだろう。

仕方がないので、横になった。

だがお房にしてみれば、寝ろと言われたからといって簡単に寝られるものではなかった。明日は大好きな吾助《ごすけ》が長屋へやって来る。

それが待ち遠しくてならないのだった。

吾助は本郷春木町《ほんごうはるきちょう》の櫛《くし》職親方、辰五郎《たつごろう》のもとで働く見習い職人である。『櫛辰《くしたつ》』に奉公して今年で十年目。あと半年で晴れて一人前の職人となる。二年間の礼奉公を終えたならば、祝言《しゅうげん》を挙げることになっていた。

腕ときっぷのいい吾助を、見習いの若い衆は皆慕っていた。

親方も、きっちりとした仕事をこなす腕と若い者の心を摑《つか》むすべに長《た》けている吾助を、これからの櫛辰を支える職人の一人として期待していた。見習いではあっても、仕上げ仕事を任されるまでになった。

しかし誰よりも吾助の腕と人柄を買っていたのは、櫛辰で職人頭をしていたお房の父親松吉《まつきち》である。二年前に胃の腑《ふ》にできた痼《しこり》がもとで亡くなったが、その直前に親方辰五郎が同席する中で、松吉は吾助に頼みごとをした。

「礼奉公が済んだら、うちのお房を、貰《もら》ってやっちゃあくれねえか」

そのときお房は十四、吾助にしてもまだ十八だった。

「へっ、へい」

初めは面食らったようだが、吾助は承知した。お房はその返事を、隣室で顔を真っ赤にしながら聞いていた。

父親が死んだのは悲しかったが、気を利《き》かせた辰五郎が何くれとなく、吾助を使いに寄越してくれた。どれだけ寂しさが紛《まぎ》れたか分からない。二親《ふたおや》だけでなく、親方からも認められた仲だったから、人からからかわれるのでさえ嬉しかった。

一年もすると、吾助はお房にとって掛け替えのない男になっていた。

今年七月の藪入《やぶいり》のとき、やって来た吾助と連れ立って出かけ、初めて抱かれた。祝言を挙げるまで、まだ二年半あったが後悔はなかった。心はもう、夫婦になっていると思った。

「おめえのために、櫛を作っている。夜にだけしかできねえ仕事だから、仕上がるのは十月に入るかもしれねえが、楽しみにしていな」

親方に断って、自分の時間を使い、黄楊《つげ》櫛を作ってくれているというのであった。

それから十月が来るのが、待ち遠しくてならなくなった。

お房は母親のおろくと二人で、池之端《いけのはた》の下谷茅町《したやかやちょう》二丁目の裏長屋で暮らしている。櫛辰がある春木町からは、離れているとはいっても、歩けば四半刻（三十分）ちょっとで行き着くことができた。

おろくはもともとは針子だったから、松吉が死んでからは、襦袢の仕立をしていた。辰五郎が顔を利かせてくれたので、歩《ぶ》の良い手間賃を貰える店へ出入りすることができたのである。だから母娘《おやこ》二人は、食うに困ることはなかった。

お房は母親の手伝いをしながら、針子の修業をしていた。

七月、自分のために櫛を作っていると聞かされたとき、お房も吾助のために袷《あわせ》の着物を縫《ぬ》おうと考えた。絹の反物《たんもの》など高くてとても手には入らないが、木綿《もめん》物で気に入った柄の布があった。柿渋《かきしぶ》の弁慶格子《べんけいごうし》だ。

十月になる前に、そう腹を決めて心を籠《こ》めて縫ってきた。ようやく四日前に、縫いあがったのである。そして見計らったように、吾助が顔を見せた。

「十月三日には、夕方ちょいと時間が貰えることになった。そのときには、おれが削った櫛を持ってきてやる。店の品として出せる、ちゃんとした代物《しろもの》だぜ」

櫛辰の仕事は、名の知れた老舗《しにせ》の小間物屋でしか手に入らない高級品ばかりである。表《おもて》通りの娘ならばともかく、裏通りに住む同じ年頃の娘で、櫛辰の黄楊櫛を髪に挿《さ》している者など一人もいなかった。吾助のお陰で自分だけそれができるのだ。

「じゃあな」

言うだけ言うと、吾助はお房の手を軽く握り、帰っていった。

その十月三日が明日だった。

寝ろといわれて、簡単に眠れるわけがなかった。ますます目が冴《さ》えてくる。毎日毎晩、この日が来るのを待っていた。

櫛を貰ったら、そのときに自分が縫った着物を渡す。吾助はさぞかし驚くだろう。そのときのことを頭に描いてみるだけで、心の臓がどきどきしてくる。

「吾助さん」

小さく声に出してみた。

気がつくと、おろくの鼾《いびき》が響き始めた。

どうしても眠れないお房は、起き上がった。枕元に吾助にあげる着物が置いてある。それを持って、長屋の外へ出た。母親が寒いから、戸はすぐに閉めた。夜風は少し冷たいが、火照《ほて》った体には丁度よい。

空に、星が瞬《またた》いている。お房はしゃがみ込んで、膝に置いた吾助の着物を掌《てのひら》で撫《な》でた。寸法など測らなくても分かっている。柿渋の弁慶格子は、ぴったりと似合うはずだった。

どれほどそうしていたことだろう。ようやく欠伸《あくび》が一つ出た。

そろそろ寝ようかと思ったとき、地べたがぐらっと揺れた。

「おやっ、地震だ」

体ではっきり分かった。井戸端の脇にある物干しがまだ揺れていた。

じっと息を殺して、お房は蹲《うずくま》った。しかしそれきり、何かがあるわけではなかった。長屋から起き出してくる者もいなかった。誰とも分からぬ鼾が、響いてくるだけだ。

「さあ、家に入ろう」

立ち上がったお房は、家の腰高障子に手を掛けた。そのときである。

もう一度足元が、ぐらっと揺れた。どしんという大きな音が聞こえた気がした。

「ああっ」

地べたも建物も、自分の体も縦に激しく揺れていた。立っていられず、お房はしゃがみ込んだ。声も出せない。近くにしがみつくものがなくて、尻餅《しりもち》をつき転がった。

それでも、吾助の着物だけは手から離さなかった。

安政《あんせい》二年（一八五五）

十月二日、細雨時々降る。夜に至りて雨なく天色朦朧《もうろう》たりしが、亥《い》の二点大地俄《にわか》に震《ふる》う事甚《はなは》だしく、須臾《しゅゆ》にして大廈高牆《たいかこうしょう》を顛倒し、倉廩《そうりん》を破壊せしめ、剰《あまつさえ》 その頽《くずれ》たる家々より火起こり、熾に燃え上がりて黒煙天を翳《かげ》らしめ、多くの家屋資材を償却す。（中略）圧に打たれ炎に焦れて、生命を損ひしもの数ふるに遑《いとま》あるべからず。

『武江年表《ぶこうねんぴょう》』

二

行灯《あんどん》の光に櫛をかざすと、掌ほどの大きさから輝きが溢《あふ》れ出てくる。木目の詰まった黄色い地肌が柔らかく丸みを帯び、歯の先は一直線に揃《そろ》っていた。横からかざして見ても、寸分の厚薄《こうはく》もない。

「上出来だ」

仕上がった品を見詰めなおして、吾助は呟《つぶや》いた。

黄楊は生育が遅い。だがその分だけ目が詰まって、鮮やかな色合いと弾力性を持つ。櫛辰では、樹齢百年以上の古木のみを使う。それを燻《いぶ》し、あく抜きをする。これを四、五年かけて乾燥させ、それから歯となる切込みを入れる。木賊《とくさ》を巻いた鑢棒《やすりぼう》を差し込み一本一本磨《みが》き上げ、それが一列に並んですべての歯が同じ流れと働きができるように仕上げてゆく。どの工程一つ取っても、身につけてゆくには手間のかかる修練だった。

親方に特に頼んで、あく抜きした一片を分けてもらった。商売ものではない、お房に贈《や》るための櫛を、三月以上前から手がけていた。ようやく満足の行く品になった。

特別の意匠《いしょう》は何もしていない。だが黄楊櫛はそれでいいと吾助は思っていた。日々使われてゆく中で、櫛は使い手の癖《くせ》を覚え、髪の脂《あぶら》やにおいを染み込ませてゆく。半年もすれば、誰のものでもないたった一人の女の、世の中に一つしかない櫛になる。

思いを籠《こ》めて使われた櫛は、姿を見ただけでそれが分かる。どれほど高価な品でも、使われなければ意味がない。

目の前にあるこの櫛は、大事にされるだろうと思った。

「おれは、こういう櫛をもっともっといっぱい作っていってやる。おれの削った櫛じゃなきゃ嫌だと、多くの女に言わせてよ」

その手始めが、お房だ。お房はさぞかし喜ぶことだろう。自分だけが手がけた櫛である。たとえ親方からでさえ、一言の口出しも受けていなかった。

　この櫛がお房の髪に挿されることで、自分の櫛職人としての道が始まる。そういう気負《きお》った気持ちになった。

　お房のことは、初めは何とも思っていなかった。四つも年下で、頰《ほお》の赤い生意気な小娘ぐらいにしか見えなかった。ただ櫛辰の職人頭松吉の娘だったから、朋輩《ほうばい》の職人たちと一緒に祭りや川開きの花火などへ連れて行ってやったことは何度かあった。話をしたこともあるが、何を話したかさえ覚えてもいなかった。

　櫛職人として、早く一人前になりたい。そればかり考えていた。

　それが二年前、松吉の今わの際の願いということで、親方のいる前で、お房を貰ってくれと頼まれた。後先も考えずに頷《うなず》いてしまったが、そういう目で見ると、頰の赤い娘も少しは大人びて見えるようになっていた。

　親方に言われて、お房の長屋へおかみさんが作った煮付けなどを運んだり、頼まれた仕立物の布を届けたりした。下《した》っ端《ぱ》の小僧がする役目だったが、親方もおかみさんも吾助に行かせた。行けば茶を飲んでいけと言われるし、茶が飯になることもあった。

　相模平塚《さがみひらつか》で漁師をしていた父親はすでに亡くなり、年の離れた兄夫婦には、自分よりも年上の甥《おい》がいた。母親が亡くなると同時に櫛辰に奉公に出《で》た吾助は、いつも兄弟子《し》や朋輩の小僧とだけで朝夕の飯を食い、がさがさした中で過ごしてきた。

それが茅町のお房の長屋へ行くと違った。お房はべたべた甘えたりはしなかったが、吾助の身を案じ仕事場での話を楽しそうに聞いてくれた。そしていつの間にか、仕事の工夫について話したり、愚痴《ぐち》を言ってしまったりする仲になっていた。するとお房は、こちらが気づかなかった櫛についての意見を言った。

櫛は、出来上がった品でも、使う者によってその姿が変わっていくということを教えてくれたのは、お房である。仕上がって職人の手から離れた品がどうなるか、そんなことは考えもしなかった。そういうことを考えて削るようになってから、親方から腕が上がったと褒《ほ》められた。

お房のお陰だと思った。

母親のおろくも、娘の亭主になる男だと分かっているだけに優しかった。近い先に女房になる娘と、その母親の三人で食べる飯は、穏やかで旨《うま》かった。

七月の藪入りのとき、二人で出かけて出合茶屋へ誘った。断られるかと思ったが、お房はついてきた。

女の体など見たことも触れたこともなかったから、どうしたらよいのか見当もつかなかった。もちろんお房だって同じだったに違いない。それでも体を一つにできたとき、この女を生涯離すまいと考えた。

今夜作り上げた櫛は、お房の髪に挿されなくてはならない。夜のてめえの時間だけで作った品でも、精魂《せいこん》を籠めていた。お房が使っていく、長い日々のことを考えて削ったのである。

櫛を手拭《てぬぐ》いに包んで、枕元へ置いた。吾助は年長なので、長屋は一部屋与えられていた。だから勝手な夜仕事もできたが、油代は安くはなかった。用が済んだら、さっさと行灯を消して寝なくてはならない。夜更かしをしたといって、あすの昼間、居眠りをするわけにはいかないのだ。

ふうっと息を吹きかけて、行灯を消した。

布団《ふとん》に横になったとき、どんと最初の揺れが来た。体が、すっと沈んだのが分かった。

飛び起きた。無意識に、枕元に置いていた櫛を懐《ふところ》に押し込んでいた。息を詰めて、様子を窺《うかが》った。

大丈夫だ、何もない。そう思ったとき、もっと大きな揺れが来た。体が宙に浮いて、布団の上で弾んだ。棚にあった茶碗がすっ飛んでいる。

立ち上がろうとしても、長屋全体が揺れているから立ち上がりようがなかった。何かに摑まることもできない。ぎしぎしと柱と天井が歯軋りをしていた。

そしてついに、みりみりと音を立てて崩れてきた。柱が緩い速度で倒れてきた。揺れる中でもかろうじて避けたが、落ちてきた天井の梁《はり》でしたたか頭を打った。さすがに眩暈《めまい》がした。しかし意識を失うほどではなかった。

「う、わあっ」

隣に住む朋輩の喚《わめ》き声とも悲鳴ともつかぬ声が身近に聞こえたが、どうすることもできなかった。自分一人さえ立ち上がることができないのだ。

みしみしと、これまで以上に建物の軋む大きな音があたりに響いた。

「ああっ」

親方が住む、仕事場のある母屋《おもや》が、崩れ始めたのである。

「お、親方っ」

吾助は叫んだが、崩れた建物の埃や木の破片、瓦片を吸い込んで激しく咳《せ》き込んだ。崩れた建物から逃げ出してきた人の姿が一つだけあったが、見ている限りでは他になかった。崩れた家屋の下敷きになったのかと思ったとき、ようやく揺れが小さくなった。

「定吉《さだきち》っ」

すぐ近くで、叫んでいる声が聞こえた。振り返ると同じ長屋に住んでいた朋輩である。材木の下になった仲間の体を揺すっていた。下敷きになった定吉は頭から血を流して、ぴくりとも動かなかった。

死んでいると思われた。

気がつくと揺れが収まっていて、吾助は足元に気をつけながら立ち上がるとあたりを見回した。まだ土埃が舞っているが、母屋が崩れたのは明らかだった。そしてさらに、その周辺の家々も崩れてしまっていることに気がついた。残っているのは、数戸の家と土蔵ぐらいのものである。

親方の家は、壊滅《かいめつ》状態だった。

「だめだ。親方もおかみさんも柱の下敷きになった」

虎造《とらぞう》という兄弟子の職人が、体を泥だらけにして埃の間から現れた。母屋で寝起きしている男である。何かがぶつかったのか、二の腕から血を流していた。額や頬にも擦《す》り傷ができている。

「逃げられなかったんですかい」

「あたりめえだ。あの揺れで、どうやって逃げるんだ。それによ建物が崩れる前に箪《たん》笥《す》が倒れた。寝床で横になっている上に倒れてくるんだから身動きできねえ。おかみさんはそれでやられた」

「おや、あれは」

遥か彼方だが、闇の中に赤い炎が一筋上がっている。吾助はそれを指差した。

「火が、出やがった」

「こりゃあへたをすると、江戸中が火の海になるぞ」

誰かが叫んでいた。吾助はその声を聞いて、はっとなった。お房やおろくはどうなっているだろうと考えたからである。

懐に手をやると、押し込んでいた黄楊櫛が指先に触れた。そうなるともう、じっとしてはいられなくなった。

「おい、どこへ行くんだ」

虎造の声など、耳に入らなかった。下谷茅町目指して駆け出していた。通い慣れた場所とはいっても、夜の瓦礫《がれき》の町となっている。つい数刻前までの面影《おもかげ》を残している場所など、どこにもなかった。

「生きていてくれ」

心の臓が、冷たい手で握り締められたような圧迫を感じた。裸足《はだし》だったが、何かを踏みつけても、痛いとは感じなかった。

目当ての建物は崩れ、道などあってないようなものだったから、なかなか茅町に近づいているという感覚がなかった。気がつくと目の前に不忍池《しのばずのいけ》が広がっている。迷ったことに気がついた。その間にも、火の手はどんどんこちらへ近づいてきていた。

「おとっつあん、おっかさん」

子どもが叫び声を上げ、親が子の名を呼んでいた。

「お房っ」

吾助も声を張り上げながら、茅町あたりだと見当のつく場所へ向かって再び走り始めた。


白々明けになる頃、茅町一帯は焼け野原になっていた。ただ明るくなってくると、お房の長屋があったあたりが、吾助にも何となく見当がつくようになった。

焼け焦げた材木と白煙の立ち上るあたりを、吾助の他にも、親兄弟や親族を捜している人の姿があった。

焼け焦げた身元の知れない死体が転がっている。その焼死体の背丈を、お房のそれと比べて、違っているとほっとした。

消え残った材木を踏みつけて、吾助は火傷《やけど》を負っていた。しかしそんなことは気にはならなかった。

「お房ってえ娘がどうなったか、ご存知ありやせんかい」

顔を見る人ごとに訊《き》いて歩いた。惨状《さんじょう》を見た限りでは、生きているかどうかは判断のしようがなかった。だが揺れの中で逃げ出すことができれば、火事に巻き込まれずに済んだはずだ。

どうか、逃げ出していてほしい。そう願った。

焼け跡で材木を片付けている男がいた。その顔に見覚えがあった。お房と同じ長屋に住んでいた鋳掛《いか》け屋である。吾助は走り寄った。

「お房がどうなったか、知っていますかい」

鋳掛け屋も、吾助のことを覚えていた。こちらを見る目に哀《あわ》れみの色が浮かんだので、瞬間どきっとした。

「まず裏店《うらだな》が崩れてよ、おろくさんはその下敷きになった。誰も助けることなんてできなかった。そのうちに火が回ってきてよ。そのときまでは、お房ちゃんは外にいた。うちのかかあが、一緒に逃げようって誘ったんだけどよ」

「逃げなかったんですかい」

「おっかさんを置いては、動けなかったんじゃねえかね。後のことは、おりゃあ知らねえ」

鋳掛け屋は顔を背《そむ》けた。

やや離れた場所で、粥《かゆ》の炊《た》き出しが行なわれていた。湯気《ゆげ》が上がって、人が並んでいた。

端の欠けた丼《どんぶり》に、一杯の粥を分けてもらった。貪《むさぼ》るようにして流し込んだ後、そこにいる人たちに片っ端から訊いて回った。お房の行方を知っている者はいなかったが、火の手の上がる前に、茅町からかなりの人が逃げていることは聞いて分かった。

「あんたが捜している人だって、今頃どこかで、あんたを捜しているかもしれないよ」

そういわれて腹に力が湧いた。

炊き出しをしている町《ちょう》役人から紙を分けてもらい、筆を借りた。自分は元気なこと、そしてお房も達者ならば、茅町の長屋のあったあたりにいつもいるから、やって来いと書いた。

本郷春木町、湯島切通町《ゆしまきりどおしちょう》、根津門前町《ねづもんぜんちょう》、上野広小路《うえのひろこうじ》や三橋《みはし》の目に付くあたりに、それらを貼り付けた。そして茅町から一歩も出なくなった。

もちろん、ただじっとしていたわけではない。焼け跡の片づけをしたり、怪我人や焼死体の始末を手伝ったりした。男女の区別の付かない死体など珍しくもなかった。お房かもしれないと思える背丈の死体も、いくつかあった。湧き上がってくる涙を袖で拭きながら、墨のようになった体を見詰めた。

また押し潰されただけの死体もあった。そういう話を聞くと、必ずそこへ行って確かめた。

「大丈夫だよ。どこかで貼り紙を見て、あの子はきっとここへ戻ってくるよ」

そう慰《なぐさ》めてくれる人もいた。

一日が過ぎ、二日目が瞬《またた》く間に過ぎた。焼け跡は徐々に片付けられ、新しい家が建ち始めた。どこからか槌音《つちおと》が響いてくる。

三日目は、朝から地べたに藁筵《わらむしろ》を敷いて、吾助は座り込んだ。古材木を集めて、掘《ほ》っ立《た》て小屋を建て住み始めた者もいれば、親族を亡くして町から出て行った男や女もいた。

「おりゃあ死体を見ちゃあいねえからな。ということは、どこかで生きているということだ」

お房の死を、吾助は死骸《しがい》も見ずに受け入れることなどできなかった。足音を聞くたびにどきりとし、振り返りあたりを見回した。

「おい」

兄弟子の職人虎造が訪ねてきた。木綿物だが、小ざっぱりした身なりだった。

「櫛辰は店じまいだ。親方も職人頭も亡くなってよ。おれは櫛昌《くしまさ》へゆく。昌右衛門《まさえもん》親方が呼んでくれたんでな。他の者も散り散りだ」

「そうかい。仕方がねえな」

虎造は、吾助にも櫛昌へ来ないかと誘った。昌右衛門親方が、引き取ると言ってくれたというのである。昌右衛門は、辰五郎の兄貴分に当たる櫛職親方だ。

「ともかく、一緒に来ねえか。行って挨拶《あいさつ》をしておこうじゃねえか」

しきりに勧めてくれた。だが吾助は返事ができなかった。ちょっとした留守の間に、お房が捜しに来るかもしれないと考えたからである。

「お房を捜すのは、身の振り方を決めてからでも遅くはねえだろう」

そう言われても、首を縦には振れなかった。ただ懐に入れた櫛を、着物の上から握り締めていた。

「頑固だな、おめえは」

呆《あき》れ顔で、虎造は去って行った。

四日目の昼過ぎ、不忍池から若い娘の溺死体《できしたい》が上がったと、町の人たちが話をしていた。猛火から逃れ、池に身を投じたが、そこで溺《おぼ》れ死んだのだろう。

吾助ははっとして、死体が上がったという池之端へ行ってみた。お房は泳げない。

溺死体には藁筵がかけられ、岡っ引きの手先が番をしていた。訳を言って、その死骸を見せてもらった。

「わあっ」

思わず吾助は、悲鳴を上げた。水を飲んだ顔は膨《ふく》れて紫色に変色している。結っていた髪も崩れて、生前の面影はなかったが、着ている寝巻きに見覚えがあったからである。背丈も同じくらいだった。

へなへなとそこへ膝をついた。

「おめえの知り合いか」

「分からねえ。でもそうかもしれねえ」

震える声で吾助は応えた。違うという気持ちが五分。残りの九割五分は、死んだと思った。張り詰めていた気持ちが、がらがらと崩れていった。

その娘には、遺体の引き取り手がなかった。そこで吾助が引き取って、小塚原《こつかっぱら》で焼葬した。

「その方、身内を亡くしたのだな」

道端で立ち尽くしていると、いきなり声をかけられた。振り返ると、白い衣服を身につけた旅の祈禱師《きとうし》といった風情《ふぜい》の二人連れだった。錫杖《しゃくじょう》を持ち、背中に四角い祭壇を担《にな》っていた。三十代半ばの恰幅《かっぷく》のいい男と、痩《や》せぎすの二十代後半の男である。

「そうだ」

力の抜けた声で応えると、二人は合掌して何やら呪文を唱え始めた。

第一章　湯灌場《ゆかんば》

一

安政五年七月十日。

朝から曇《くも》り空で、天気はすっきりしない。

昨日は残暑を思わせる暑い一日だったが、今日は一転して涼しい日和《ひより》である。今年は春先から気候が不順で、大雨も多かった。不作の農作物は、徐々に値上がりしていた。

山田浅右衛門吉利《やまだあさえもんよしとし》と嫡男吉豊《ちゃくなんよしとよ》は、麴町平川町《こうじまちひらかわちょう》一丁目にある屋敷を出て、駿河台《するがだい》にある幕府大御番頭《おおごばんがしら》を務める逸見甲斐守《いつみかいのかみ》の屋敷を訪ねた。五つ半（午前九時）にならない刻限である。

間口四十間（約七十三メートル）、屋根の出張った門番所付の長屋門で、長屋は白壁に曰窓《いわく》が設けられ下は海鼠壁《なまこ》だった。正門から入ると、七間ほどの石畳があって、二間の式台付の玄関。そこで屋敷の用人が平伏して、吉利父子を待っていた。

閑静な屋敷で、蟬《せみ》の音以外には何も音が聞こえない。手入れのされた庭には、塵《ちり》一つ落ちていなかった。

大御番頭という役職は、戦時ならば将軍の御先手として一軍を率いる武官である。平時でも多数の番衆と与力を配下に持ち、幕府の武力の象徴として睨《にら》みを利かしている存在だった。五千石高の役職で、一万石級の大名が務めることもあった。

逸見は家禄三千石の旗本である。それが五千石高の役職に抜擢《ばってき》されたのは、肝《きも》の据わった強靭《きょうじん》な実行力と、親分肌であり数多《あまた》の旗本仲間の信望が厚いことを、四月に新しく大老職に就いた井伊直弼《いいなおすけ》から認められたからだ。

たってと請《こ》われてのことだった。

山田家と逸見家との付き合いは、先代からのものである。甲斐守は、吉利とはほぼ同年代。武官であり豪胆《ごうたん》な男ではあるが、無骨者ではなかった。

茶道をよくし、刀剣の鑑賞を好んだ。

十二畳二間続きの部屋へ通された。床の間には、深山の水墨画が飾られていた。

「わざわざご足労を願い、恐縮でござった。御嫡子《ごちゃくし》も、なかなかの武士《もののふ》になられたな」

待たせることなく、逸見は現れた。顔に笑みを湛《たた》えている。吉豊の来訪を喜ぶ響きが声にあった。

逸見は若い頃、山田屋敷にやって来て、まだ赤子だった吉豊を抱いている。昨年妻の志乃《しの》が亡くなったときには、葬儀にも参列してくれた。

「実は、存知よりの者が持参した一振りがござってな。無銘ながら鎌倉期の長船光忠《おさふねみつただ》の作だという。わしの見る限りでは光忠ではないが、それにしてもなかなかの味わいはある。言い値では買えぬが、引き取らせてしまうのも惜しい気がしてな、預かりおいた」

「なるほど、それは楽しみですな」

吉利は応えた。

徳川幕府は先月、朝廷の勅許《ちょっきょ》を得ぬままに日米修好通商条約を締結した。長い鎖国が解かれ、新しい第一歩が踏み出されたのだが、幕府も諸藩も混乱の中にあった。

江戸城内の動きも風雲急を告げている。大御番頭は武官ではあっても、逸見は大老井伊の懐刀《ふところがたな》であった。多忙な役務の間を縫って、ほんのひと時刀剣談義に耽《ふけ》りたい。そういう願望を持っての招きだった。

吉利は、山田浅右衛門の七代目にあたる。据物刀法《すえものとうほう》の名手で小伝馬町《こでんまちよう》の牢屋敷内では『首斬り浅右衛門』と怖れられているが、身分は浪人である。徳川家の『御佩刀御試御用《ごはいとうおためしごよう》』を承《うけたまわ》っていた。将軍家だけでなく、大名や旗本、物持ちの商家などの刀剣の鑑定や試刀を行なうのが、山田家の家業だった。

求められれば、どこの屋敷へも行くし、人が訪ねても来る。しかし逸見屋敷へは、鑑定家としてだけでなく、旧知の友としてやって来たのである。

「さっそく、見ていただこう」

逸見が手を叩くと、若い中小姓が綾絹《あやぎぬ》の袋に入った刀を恭《うやうや》しく運んできた。すでに言われているらしく、吉利の膝前に置いた。

「ではお言葉に従って」

吉利が袋刀を手に取ると、刀を運んできた中小姓が、火の灯《とも》った燭台《しよくだい》を部屋の中へ入れた。そしてすべての襖《ふすま》を閉め切った。十二畳の部屋は暗がりに閉ざされた。明かりは燭台の火一つになった。

部屋に残ったのは、吉利と逸見、そして吉豊の三名だけだった。

袋の中にあったのは、白鞘造りの一刀である。鍔《つば》はもちろん、装飾は何もない。ただその割には持ち重りが感じられた。

刃を上にして、一気に引き抜いた。燭台の光に向けて、先反《さきぞ》りの刃先をかざした。刀剣の鑑定を行なう場合、常に光源は一つである。複数の光を受けると、それが刃に乱反射して確かな鑑定ができなくなるからだ。

備前《びぜん》の鍛冶光忠は、一文字派の丁子《ちょうじ》をいっそう華やかにした作風で知られ、長船派の祖と呼ばれている。丁子菊を思わせる賑《にぎ》やかな乱れ刃を創りあげた。

真正の作であれば、値段はつけようがなかった。

一筋の光が、二尺三寸（約七十センチ）の刀身を冷たく照らしている。

刀は柔らかい鉄を心鉄《しんがね》にして硬い皮鉄《かわがね》で包み込み、打ち伸ばす。形を整え、焼き刃土を塗り熱し、それを水に浸けて焼きいれを行なう。鍛錬《たんれん》することでさらに硬度の高い鋼となった。鍛錬を繰り返してゆくと、そこには様々な鍛《きた》え肌が現れる。そして焼き入れの方法の違いによって、浮かんでくる文様が趣を異にするのだった。

地肌や刃文の美感は、その刀の価値を決めた。

「ふむ」

吉利は息を詰めて刀身を見詰める。

鍛え肌は板目である。冷めた黒い地鉄《じがね》だ。鎌倉期のものであることは、間違いなかった。

丁子乱れの焼き刃に高低が窺えた。ところどころに小丁子や互の目《ぐめ》が交じってい
る。すべての刃縁に、ごく細かい粒が白く霞《かす》んだ帯のように連なっていた。これは地
鉄と焼き刃の境をなすものだが、ひと際光った線状を表している。
冴えた匂口《においぐち》だ。
刀工の技術の高さがしのばれた。ただ光忠の特徴は、この匂口の帯の中に蛙《かえる》の足の
ような文様が表れる。
何度もかざして見たが、この刀にはそれがなかった。
「茎《なかご》を拝見してもよろしいか」
柄に入る部分を茎という。逸見が頷くのを目にしてから、吉利は目釘を抜いた。
無銘で、鑢目《やすりめ》の中に『暦仁《りゃくにん》元年（一二三八）』とだけ記されていた。執権北条泰《ほうじょうやす》
時《とき》の時代である。
刀身と茎は、吉豊にも拝見させた。鑑賞眼は、一刀でも多くの名刀美刀を見ること
から養われる。
茎を柄に戻し、目釘を入れた。逸見が手を一つ叩くと、それまで閉じられていた襖
が開かれた。燭台が片付けられた。

「おっしゃる通り、長船光忠の作ではありませぬな。しかし見事な出来栄えの作です。銘がないのが残念ですが、おそらく高弟の誰かが、手塩にかけて技を揮《ふる》ったものと思われます」

思ったままのことを、吉利は口にした。

「そうか、それを聞くことができれば満足だ。ご足労を願ったかいがある。できるだけ手元に残るように遣《や》り合ってみよう」

逸見は子どもっぽい笑みを顔に浮かべた。

中小姓が刀を袋にしまうと、下がっていった。

「これから登城でござるかな」

「さよう、難儀なことである。今日は阿蘭陀《オランダ》と条約を結ぶことになる。明日は露国《ろこく》だ。これからは異人が、江戸の町をあたりまえのように歩くことになるぞ」

「異人がですか」

「そうだ」

吉利は、異人といえば阿蘭陀人の顔を一度見ただけである。それはごく珍しいことだったが、逸見はそれが、いずれは日常になると言っているのだった。

「ここだけの話だ。公《おおやけ》の知らせはないが、四日前の七月六日に上様がご薨去《こうきょ》なされた。幕政も日本も、これから大きく変わってゆくだろう」

逸見は、十三代将軍家定《いえさだ》公が亡くなったと言っている。新将軍は紀州徳川家の慶福《よしとみ》と決まっているが、対立した一橋慶喜《ひとつばしよしのぶ》を推した者は、幕政から遠ざかってゆくことになるのは明らかだ。

井伊直弼はその政治の新しいうねりの中心にいて、逸見もその流れの中に身を置いていた。

吉利は一介の浪人者である。政治を動かす立場にはないが、井伊や逸見の派にも、また反する派にも知人があった。そしてその流れの行き着く市井《しせい》の端に、自分は身を置いている。無関係ではないと感じた。

「また政《まつり》ごととは直《じか》に繋がらぬが、厄介《やっかい》なことも起こっている。長崎から徐々に東へ向かっている疫病《えきびょう》だ。ひとたび罹《かか》ると、白い水を吐き、体が干からびて腹に痼《しこり》ができる。そして三日のうちに死するという」

「はい。その話は聞きました。西国ではすでに数多の者が亡くなっているそうですな」

「そうだ。まだ病の名も分からない、異国の流行《はや》り病だ。それがな、ついに七月になって江戸へ入った」

「死人も出ている。うつり始めたのは海岸沿いだが、そう月日を経ずに市中に広まるだろう」

町奉行所の委嘱《いしょく》を受けた医師たちは、治療と防疫にあたっているが、目に見える成果はあげられていなかった。誰もが体験したことのない新種の病である。対処法がないのだという。

「町の者だけでなく、幕府のご重職の中にも、この疫病を食あたりか古くからの霍乱《かくらん》(急性伝染性胃腸炎)くらいにしか考えておらぬ者もいる。大事にならねばと願っておる」

逸見は思案顔になって言った。

「海岸沿いだとおっしゃいましたが、どのあたりでございましょうか」

それまで一切口を挟まなかった吉豊が、慎重に問いかけた。気になることがあるらしい。

「始まりは赤坂《あかさか》あたりだと聞いている。それが霊岸島《れいがんじま》、築地《つきじ》、芝《しば》海岸一帯へと広がったようだ」

「そうですか、霊岸島もでございますか」

「何と」

俄《にわか》に案じ顔になっていた。

そうか……。吉利には、吉豊が霊岸島に拘《こだわ》った訳が分かった。そう言われると自分も気になった。頭に、何人かの娘たちの顔が浮かんでいる。

二

吉利と吉豊は、駿河台から霊岸島へ向かう。

神田《かんだ》の町並みへ出て、とりあえず南へ向かってゆく。正午にはまだ間のある刻限で、商家の並ぶ通りは、人や荷車の行き来が激しかった。

牛が、満載の材木を積んだ荷車を引っ張ってゆく。牛遣いが掛け声を上げていた。どこかで、普請《ふしん》があるようだ。

神田堀に架かる橋を越えて、本銀町《ほんしろがねちょう》に入る。日本橋《にほんばし》に向かう道だが、ここにも建ってそう間のない商家が並んで、大小の碗《わん》や皿が店先に積まれていた。このあたりには、瀬戸物《せともの》を扱う問屋が並んでいる。

小僧や荷運び人足が、忙しそうに届けられた荷を下ろしていた。商家の仕着せを身につけた者で、ぼんやりしている者などどこにもいなかった。

「商《あきな》いも、盛んなようですね」

「そうだな。三年前が、嘘のようだ」

吉豊が言うのを、吉利が受けた。三年前というのは、安政二年に江戸を襲った大地震をさしている。江戸市中の家屋が崩れ、火事が起きた。

特に被害が大きかったのが、千代田《ちよだ》の城の北東から東にかけてだった。城の北郭も半壊した。潰れた家は一万五千戸ほど、町方の死者だけで四千人、武家や僧侶を含めると六千をはるかに超すだろうといわれていた。

このあたりも商いの品はすべて割れ、建物も崩れ落ちた。商いが成り立たず店を閉じた者もあったという噂《うわさ》だが、町を見渡す限りではすっかり復興した。

町を行く人々の顔を見ていると活気に溢れていて、災《わざわ》いや憂《うれ》いなど爪《つめ》の先もないように感じられる。けれどもそういう情景を見ながら、今会ってきた逸見甲斐守の話を照らし合わせると、吉利は暗い気持ちになった。

長崎に上陸した異国の疫病が、瞬く間に広がり江戸へ到達した。まだ江戸の海に面した町だけだが、数日のうちにも市中に広がるだろうという話だった。

病の名さえ、まだ分からない。この町の活況が、五日後十日後も続くのか、それは判断のしようがなかった。ただ大地震が数多の命を奪い町を壊してから、まだ三年しか経っていないのだ。

日本橋を渡り、南東へ向かう。日本橋通りのような賑やかな道ではないが、店が軒《のき》を並べ、買い物の女や振り売りらがのんびりと歩いていた。子どもの一団が、喚声《かんせい》を上げて走り抜けてゆく。

さらに東へ向かって歩くと、徐々に潮のにおいがしてくるようになる。霊岸島が近くなったということだった。

「お吟《ぎん》らは、霊岸島にいるのでしょうか、それともまた京橋《きょうばし》あたりへ稼ぎに出ているのでしょうか」

しばらく黙っていた吉豊が、ぼそりと言った。

お吟というのは、霊岸島の裏長屋に住まう十名ほどの莫連娘《ばくれんむすめ》たちの頭格の娘だ。派手な縞《しま》模様の繭紬《けんせん》や縮緬《ちりめん》を身につけ、裾《すそ》の折り返しや袖口を濃い地色を使って締め、ちらりと緋《ひ》や紫の襦袢を覗《のぞ》かせている。化粧も濃くて、唇はいつも濡《ぬ》れたような紅笹《べにざさ》色に染まっていた。

金持ちの男や下心のありそうな男たちに擦り寄って、ときには強請《ゆすり》たかり、場合によっては美人局《つつもたせ》までしてのける娘たちである。

どの娘も、火事や震災その他の様々な理由で、親や身内と共に暮らすことのできなくなった孤児ばかりである。雑駁《ざっぱく》な暮らしをせざるを得なかった娘たちだが、ひょんなところに純真さと律儀《りちぎ》さを併《あわ》せ持っていた。

強請たかりとはいっても、遊ぶ金を稼ぐためにしているのではなさそうだった。娘たちはどこからも手助けを得ず、自分たちの稼ぎだけで長屋を借り糊口《ここう》をしのいでいる。子守をしたり仕立物をしたりするが、仲間を守るために、のっぴきならない訳があるときには手段を選ばないということらしかった。

吉利もこれまでに何度か、探索ごとで手助けをしてもらったことがある。霊岸島や海辺一帯が異国の疫病に冒されたと聞いて、まず気になったのはお吟ら娘たちのことだった。

亀島川《かめじまがわ》を渡って、霊岸島へ入った。ここへ来ると潮のにおいがぐんと濃くなる。島の中央には新川が掘削されて、酒や醤油《しょうゆ》、味噌《みそ》などを積んだ荷船が常に出入りしていた。商いが盛んな土地柄である。

「際立って変わった、というほどではありませんね」

周囲を見回した吉豊が言った。たしかにちょっと見では、そう感じる。

戸を閉じたままの店が何軒かあるのが気になったが、それ以外にはいつもと変わらない。あえて言えば、人の通りが少ないということだろうか。

「おやっ」

父親らしい男が、三、四歳くらいの男児を背負って駆けてゆく。今にも泣き出しそうに顔を歪《ゆが》め、背中の子はぐったりしていた。白目を剝《む》いた顔は、どす黒く皺《しわ》だらけになっているかに見えた。頭を載せた父親の肩が白く濡れている。

「おい、しっかりしろ」

しきりに声をかけている。悲痛な声だ。その後ろに、母親らしい女がべそをかきながらついて走ってゆく。履《は》いている下駄の鼻緒の色が違った。よほど慌《あわ》てたのだろう。

「子どもは背負われながら、嘔吐《おうと》をしているのですね。尻もべっとりと濡れています。下痢《げり》でもあるようですね」

「うむ。疫病に罹った子どもだな。医者へ連れて行こうとしているわけだな」

嘔吐と下痢を伴う病らしいが、顔がどす黒く皺だらけになるのが異様だった。これまでに流行った疫病では見ない症状である。

「戸が閉じられている店は、病人が出たということでしょうか」

「うつる病だから、家に二人三人と出たら、商いどころではなかろうな」

よく見ると、閉じている店の軒下に八つ手の葉が吊《つ》り下げられている。魔除《まよ》けのまじないである。そんなことをしている家は、これまで歩いてきた神田や日本橋界隈《かいわい》には一軒もなかった。

お吟ら莫連娘が住まう長屋は、妙にひっそり閑《かん》としていた。笑い声や話し声も聞こえない。ただ物干し場には、下帯や二布《ふたの》ばかりが所狭しと干されている。

「いつものように、稼ぎに出たのでしょうか。それならば、まだうつっていないということになりますが」

そうあってほしいという願いが、吉豊の言葉に籠《こも》っていた。ただ下帯や二布ばかりが干されているというのも異様だった。二本三本、いや五枚や十枚といった数ではなかった。

「それに何かにおうな」

「はい。吐瀉《としゃ》のそれですね」

うっすらと、長屋の路地全体を覆《おお》っている。見ると地べたに米のとぎ汁を撒《ま》いたような跡があった。においのもとは、それだった。どこの家の戸口にも、八つ手の葉や柊《ひいらぎ》の枝がぶら下げられている。

お吟の部屋の戸が、開いたままになっていた。吉利と吉豊は中を覗いた。

「おや、浅右衛門の旦那《だんな》じゃありませんか」

中にいた娘が声をかけてきた。いつもの派手な身なりはしていなかったが、髪のじれった結びだけは変わらない。お吟だった。

娘がもう一人いて、他に誰かが寝床に臥《ふ》せっている。

肉が落ち目が干からびて窪《くぼ》んでいた。黒い皺が顔中に広がって、娘というよりも老《ろう》婆《ば》が寝込んでいる様子だった。

「おイネだよ。昨日までは、ぴんぴんしていたのにさ」

張りのない声で言った。疲れている。寝ずの看病をしたのかもしれない。

「たった一日で、ここまでなったのか」

吉豊は息を呑《の》んだ。

おイネは昨日の夕方ごろから、突然腹がごろごろ鳴り出した。そして嘔吐を繰り返し、水のような下痢を何度もした。そして体のあちこちが、痙攣《けいれん》を起こした。あれよあれよという間に、体は干からびて皺の寄った老人顔になってしまった。横腹には握り拳《こぶし》大の痼までできたという。

「熱はあるのか」

「それがね、まるでないんだよ。触《さわ》ってごらんよ、冷たいくらいだからさ」

吉利は額に掌を当ててみた。命を落とした者の体温が、徐々に失われてゆく。それを思い起こさせる低体温だった。

「医者に診《み》せたのか」

霊岸島にも、町医者はいるはずだった。

「だめだよ、あんな藪《やぶ》医者。ぜんぜん効きやしない。同じような疫病に罹った人は、このあたりにたくさんいるけど誰も助からない。この二、三日で何人も死んだよ」

慌てた町役人は、応急対策の調剤を指示した触書《ふれがき》を町内に配布した。それはお吟の長屋にも配られた。見せられた紙切れには、次の三項が記されていた。

一、黒豆せんじ用

一、桑《くわ》の葉もよし

一、茗荷《みょうが》の根もよし

「どこの家だってやってみたよ。でもこんなもんで治る病じゃないんだ、これは」

お吟は苛立《いらだ》たしそうに言った。ひとたび罹ったら、まれに治る者があっても、ほとんどの者は三日前後で亡くなっているという。酷《ひど》い場合は、その日のうちに死んでしまった。

これでは、手の施《ほどこ》しようがない。

「それでさ、藪じゃない、ちゃんとしたお医者にかかって、ちゃんとした薬を飲ませないとおイネだって助からない。だからさ、偉いお医者の書いた施薬伝授《せやくでんじゅ》ってえ書付を手に入れたんだよ。こんな紙切れ一枚手に入れるのに五百文も取られたんだ」

疫病の処方箋《しょほうせん》ということになる。

名の知れた医者は、貧乏長屋へ往診などしてくれない。施薬の走り書き一枚貰《もら》うだけでも、お吟は難渋したはずである。

「それがこれだよ」

蒼朮《そうじゅつ》　桔梗《ききょう》　厚朴《こうぼく》　当帰《とうき》　川芎《せんきゅう》　陳皮《ちんぴ》
白芷《びゃくし》　半夏《はんげ》　枳殻《からたち》　白芍《びゃくしゃく》　茯苓《ぶくりょう》　肉桂《にっけい》
乾姜《かんきょう》　〆十三味　各五分ヅツ
麻黄《まおう》　甘草《かんぞう》三分
右十五味薑《きょう》ト葱白《ねぎじろ》ヲ入レテ煎用《せんよう》

「なるほど、黒豆や茗荷よりは効きそうですね」

紙片を覗いていた吉豊が呟《つぶや》いた。

「でもね、これを手に入れるとなると高いんだ。薬種屋も足元を見やがってさ。それで仲間の子は、皆稼ぎに出かけたんだよ。一刻でも早く、薬を飲ませなくちゃならないからね」

「なるほど」

他の娘がいない理由がようやく分かった。いるのは、看病にあたっているお吟とも う一人、ほぼ同じ年頃の娘である。莫連仲間にしては大人しい娘で、顔は見かけてい たが名は知らなかった。

「ならば、すぐに薬種屋へ参ろう。代価は、おれが立て替えるのでな」

払ってやってもよいと吉利は思ったが、それではお吟が承知しないはずである。そ れでこういう言い方をした。

「ほんとかい。ありがたいね。借りた金は必ず返すからさ」

お吟は言い終わらないうちに、立ち上がっていた。飲ませるならば、寸刻も早く飲 ませなくてはならなかった。

「お房さん。後はお願いしますね」

お吟は、看病していたもう一人の娘に言った。他の娘たちに対するよりも、丁寧《ていねい》な 口ぶりだった。お房と呼ばれた娘は年上なのかもしれない。一目置いている様子だっ た。

吉利と吉豊、それにお吟の三人で長屋を出た。

三

「ここの家も、あそこの店からも、疫病に罹った人が出たよ」

お吟は、指差した。最初に病人が出たのは五、六日ほど前だという。瞬く間に死人が出た。助けを求めて長屋から通りへ出て、そこで絶命した独《ひと》り者もあった。

「口と尻から白っぽい水が出て、体が干からびてね。それはもう、見ちゃいられなかったよ」

町で棺桶《かんおけ》を手配し、茶毘《だび》に付した。

霊岸島を出るまでに、忌中《きちゅう》の張り紙を四つ目にした。

「薬種屋ならば、京橋竹川町《たけかわちょう》の大黒屋《だいこく》だね。あそこならば、一度ですべてが調《ととの》うだろうからさ」

三人は足早に、京橋へ向かった。大黒屋の名は吉利や吉豊も知っている。大店老舗《おおだなしにせ》が櫛比《しっぴ》する界隈《かいわい》でも、商い高の大きい店として名を馳《は》せていた。

大黒屋へは、山田家秘伝の人胆丸《じんたんがん》を卸《おろ》している。人胆丸は、斬首した罪人の生《い》き肝《ぎも》を貰い受けて調剤する。これができるのは、山田家だけだ。滋養《じよう》強壮剤であり労咳《ろうがい》に効く薬として知られていた。

京橋から芝口橋へかけての大通りは、いつものように賑やかだ。しきりに通行人があり、町に勢いがあった。戸を締め切った店など一軒もなかった。もちろん軒先に八つ手の葉をぶら下げている家も見かけない。

ただ大黒屋の店先だけは様子が違った。

人目を引くほどの人が集まっていた。どの顔も必死で、焦《あせ》りと悲痛さに満ちていた。人を掻《か》き分けなければ、店に入っていけない。

「金は用意してきたんだ。少しでもいい薬をくれ」

「早くしておくれよ。ぼやぼやしていると、うちの娘は死んじまうよ」

殺気立って叫ぶ男がいれば、涙声で言い募《つの》る女がいた。疫病に罹った親族を持つ者たちが、殺到してきたのである。

「押すな。押すんじゃねえ。潰れて、死んじまわあ」

老爺の苦しげな声がした。

「ええっ、こんなに高けえのか。いつ値上がりしたんだ」

そんなふうに叫んでいる職人風がいた。

求めにきた薬が買えぬと、喚《わめ》いているのだ。朝方買い求めていった者がいて、その薬を飲んだ病人は快復の兆《きざ》しを見せている。それで求めにきたのだが、朝売られた価格の倍以上になっていると腹を立てているのだった。

しかもその薬が、何という薬か分からない。いくつか求めていったうちの一つだという。これではすべて買わなければ、効能は期待できないことになる。

「ご不満でしたら、無理にお買い求めいただかなくてけっこうです」

対応する手代《てだい》は、強気だった。

「父上、ひどいものですね」

吉豊が指差した。軒下や店の中に何枚もの薬価を記した紙切れが張られている。

『変病に効く薬』と朱墨で書かれ、値は目の飛び出るような価格に変わっていた。

激しく苦情を言う者もいたが、苦情を言っている間さえもったいないと、高値を承知で求めてゆく客がほとんどだった。金が足りない者は、買えるだけの少量を求めてゆく。そしてそういう客が、後から後から現れた。

「これはこれは山田様」

吉利が店に入ると、顔見知りの番頭が出てきた。古い付き合いである。

店先ではなくその裏手にある顧客との対談に用いられる一室に、吉豊とお吟共々案内された。

小僧が茶菓を運んできた。においをかいだだけで、極上と分かる茶だった。

「今、手前どもの主人四郎左衛門《しろざえもん》が、麹町のお屋敷にお邪魔しております。人胆丸が飛ぶような売れ行きでしてな、そのためのご商談です」

「そうか。在吉《ありよし》が対応をしているわけだな」

「はい。いつもお世話になっております」

在吉は吉利の次男である。吉豊の二つ年下の弟で、兄のような口数の少ない無骨者ではなかった。人胆丸の販売については兄よりもやり手で、吉利の名代として一切を取り仕切っていた。

「人胆丸は、流行り始めた疫病に効くのか」

番頭の話を聞いて、気になった吉利はまずそう訊ねた。滋養強壮、また労咳には効能があるが、嘔吐や下痢に効く薬効があるというのは、考えもしなかったことである。

「疫病に何が効くかはまだ誰にも分かりません。これまで見たこともない、新種の病らしゅうございますからな。私どもは求められたお薬をお分けするだけですが、人胆丸は五臓六腑《ごぞうろっぷ》の働きを促《うなが》し、体内に力を漲《みなぎ》らせます。万病に効能があると存じて、お客様にはお勧めしております」

「そうか。直《じか》には効かなくても、側面から体を守るということだな」

「さようでございます」

それならば、納得のゆくことだった。

「しかしどの薬も、高値になっているようだな」

「はい。まことに。西方から疫病が押し寄せております。罹ると三日も持たず、ころりと命を失ってしまうという怖ろしいものです。お客様は、これからますます増えることになると思います。となると、どうしても品薄になりますからな」

番頭は初め神妙な顔つきだったが、話をしているうちにやや相好《そうごう》を崩した。これからぼろ儲《もう》けするであろう金額が、頭を過《よぎ》ったのかもしれなかった。

「人の災難にかこつけて、一儲けしようなんて、あこぎな沙汰《さた》だね」

それまで黙っていたお吟が、あっさり言った。心に浮かんだ思いをそのまま口に出したのである。それは吉利にしても同じことだった。

「いえいえ、山田様から儲けようなどとは、微塵《みじん》も考えてはおりませんよ。いかなる薬がご入用か、おっしゃっていただければすぐにも手配をいたします。お代は値上がりする前のものでけっこうでございますよ」

続きは言わせぬ口調で、番頭は一気に話した。お吟が差し出した紙片を受け取ると、部屋から出て行った。

待たされることもなく、若い手代が薬を袋に入れて持ってきた。紙片にあった品はすべて調えられているという。

「お代は、これでございます」

差し出された紙に、値が書かれていた。

「ほ、ほんとに、これでいいのかい」

お吟が驚きの声を上げた。

「はい、番頭さんのお達しでございます」

手代はすました顔で言った。安値である。店先に張り出されている薬価とは一桁《ひとけた》違う価格だった。

「腑《ふ》に落ちないね。外ではあんなに高いのにね。浅右衛門の旦那がここにいるからかい」

「…………」

お吟の剣突《けんつく》な物言いを、手代は無視した。

「では参りましょう。一刻も早く、おイネに飲ませなくてはなりませんからね」

声を出したのは吉豊である。お吟も我に返った顔で頷いた。

店の内外には、まだ薬を求めに来た人で溢れていた。番頭は遠くから頭を下げたきり、もう近寄っては来なかった。

「何が疫病に効く薬か、売っている方だって分からない。買う方だって、藁《わら》をも摑むつもりでやって来るわけだけどさ、あれじゃあ、まったく関わりのない薬まで、高値で買わされちまうよ」

歩きながら、お吟は言った。腹を立てている。

自分は目当ての薬を手に入れることができたが、それを得して良かったとは考えない様子だった。

「確かに、あの番頭や手代ならば、効かぬと分かっていても、高値で売りつけるのだろうな。ふざけた奴らだ」

吉豊も不満なのだろう、めったに喜怒哀楽《きどあいらく》を顔に出さない質《たち》だが、さすがに腹を立てていた。

「でも手に入ったのは、旦那のお陰だね」

ただお吟は、それだけはぽつりと言った。受け取った薬を、胸に抱きしめている。

安政五年（一八五八）

七月の頃より都下に時疫《じえき》行はれて、芝の海辺、鉄砲洲《てつぽうず》、佃島《つくだじま》、霊岸島の畔《ほとり》に始まり、家ごとに此の病痾《びょうあ》に罹らざるはなし。（中略）はじめのほどは一町に五人六人、次第に殖《ふ》えて檐《のき》を並べ、一ツ家に枕を並べ臥したるもあり、路頭に匍匐《ほふく》して死につけるも有りけり。此の病、暴瀉《ぼうしゃ》又は暴痧《ぼうさ》など号し、俗諺《ぞくげん》に「コロリ」と云へり。

『武江年表』

四

長屋へ戻ると、待っていたお房が処方に合わせて煎《せん》じ薬を作った。薬草のにおいが、部屋から狭い長屋の路地へ流れた。

「さあ、しっかり飲むんだよ。元気になりたかったらね」

おイネを抱き起こしたお房は、気丈な声で話しかけた。

「さあ、どんどん作るんだ」

お吟は、吉豊にも手伝わせて、次々に作らせようとしていた。煎じ薬は湯からではなく、水から沸かす。煮ては意味がなかった。薬効成分を湧出《ゆうしゅつ》させるのである。昆《こん》布出汁《ぶだし》を水から取るのと同じ要領だ。

出来上がると、それを土瓶《どびん》に入れて一軒先の家に運んだ。

「おつなさん。薬が手に入ったよ。おやっさんに、飲ましてやっておくれ」

軒下にぶら下がっている八つ手の葉を振り分けて、お吟は中へ声をかけた。ここの家は、日雇い大工の亭主が疫病に罹って一昨夜から寝込んでいた。かなり弱っている様子だ。

高価な薬など、買えない家である。

「お吟ちゃん、ありがとう」

いかにも窶《やつ》れた、疲れ切った顔の中年女が出てきた。ほつれた髪が、額に張り付いている。土瓶を受け取ると、それを上がり框《かまち》に置いて、両手を合わせてお吟を拝《おが》んだ。

「よしておくれよ。そんなこと」

突慳貪《つっけんどん》に言ったが、女が何よりも喜んだことはお吟に伝わったようだ。日雇い大工の女房は、病の進行になすすべもなかった。嘔吐と下痢が、厠《かわや》へ行く間もなく繰り返された。その洗濯に追われ、低体温を補うために湯たんぽを作り、脇腹にできた痼を揉《も》んだという。だができたことは、それがやっとだった。

物干し竿《ざお》に夥《おびただ》しい下帯や二布が干されている理由が、これで頷けた。

おつな夫婦には、四人の子がある。亭主が命を失えば、翌日から暮らしに困ることになる。

「本当はさ、もっといろいろな人に配ってあげたいんだけどね」

お吟の住まう長屋の罹患者は今のところ二人だが、近隣の長屋や表通りの家にも数え切れないほどの病人が出ているという。この薬が効くか効かぬかは分からない。しかし今できる最善の治療策であることは確かだった。

「この疫病が江戸中に広まるのは、時間の問題だな」

「うん、そうだね」

吉利の言葉を、お吟は受けた。

「だとするならば、この病がどのような性質《たち》のものなのか、正しく知っておく必要があるな」

「でも、どうやって知るんですか」

江戸にこのような奇怪な病が流行ったのは、初めてのことである。名医といわれる者でも、診《み》たことも聞いたこともない症状では手の施しようがないはずだった。

「逸見甲斐守様は、異国の病だとおっしゃいました。それならば、蘭方《らんぽう》のお医者が詳しいのではないでしょうか」

「だとしたら、池田《いけだ》先生だね」

吉豊の言葉に、お吟が飛びついた。池田とは、神田お玉《たま》が池《いけ》にできた種痘所《しゅとうじょ》で医師を務める蘭方医池田多仲《たちゅう》を指している。

池田が冤罪《えんざい》騒ぎに巻き込まれたとき、お吟らの働きによって、無実を証明することができた。それ以来の存知よりである。

池田は、病で親を亡くした孤児《こじ》の面倒もよく見ていた。

「では行ってみよう。少しでも事情が分かれば、対処のしようもあろうからな」

吉利が言うと吉豊が頷き、お吟も行くと応じた。

「薬は、ちゃんと飲ませますから」

お房がそう言ってくれたので、病人を任せることにした。

三人で、今度は神田お玉が池へ行った。

種痘所は、本来は天然痘《てんねんとう》の種痘を行なうことを目的に、幕府の援助を得て建てられた施設だが、それ以外の病にも対応した施術を行なっていた。

蘭方の専門病院といっていい。

「ここも、混んでいるね。皆、考えることは同じだね」

古材木を集めて建てた安普請だが、門前には大黒屋ほどではないにせよ、多くの人の姿があった。

駕籠《かご》が担《かつ》ぎこまれた。中から出てきた患者は、肉が落ち目が窪んだ皺だらけの老人顔をした中年男である。運ばれる途中でも吐瀉や下痢があったのだろう、衣服を濡らしていた。異臭もあった。

おイネや長屋の日雇い大工の症状と、寸分たがわない。

医者とおぼしい男と、看護役の若い見習いが走り出てきた。

「七月になってからです。疫病患者が運び込まれるようになったのは。この四、五日はますます増えました。もう運び込まれても、患者の居場所がありません。往診にも、おちおち行っていられないのです」

会うと池田は、挨拶もそこそこに言った。三十代後半、健康そうな日焼け顔だが、全体に脂汗《あぶら》が浮いていた。対応に忙殺されているということらしかった。

建物の奥にある、医師の控え室に通されて、話を聞かせてもらうことができた。控え室には、休んでいる者など一人もいない。誰もが忙しそうに立ち働いていた。患者は、廊下にも寝かされている。

壁に貼られた阿蘭陀文字によって示された人体図が、剝《は》がれかかっていた。足音や話し声が筒抜《つつぬ》けに聞こえてくる。

「この疫病は、やはり異国から来たものであったのか」

まず吉利はそこから訊《たず》ねた。池田を長く引き止めることはできない。前置きは除いて、単刀直入に訊ねた。

「そうです。五月の下旬に上海《シャンハイ》から長崎港にアメリカ艦船ミシシッピー号が入港しました。その船員の一人が、この疫病に罹っていたということです。その船員は長崎の出島《でじま》に上陸しました。それから数日した後、最初の発病者が出、瞬く間に長崎市内に広がったということです」

長崎からさらに中国、大坂《おおさか》を経て六月下旬には東海道沿いの村々に達し、七月になってついに江戸までやって来てしまったというのである。

「ミシシッピー号というのは、聞いたことがありますね。嘉永《かえい》六年に浦賀《うらが》に現れた、四隻《せき》の黒船のうちの一つではありませんか」

吉豊が言った。吉利も覚えていた名である。江戸だけでなく、日本中を震撼《しんかん》させた出来事は、記憶に新しい。そして今年、日米修好通商条約が結ばれたのである。

「そうか。アメリカの黒船の奴《やつ》らが、こんな酷《ひど》い病を持ち込んできやがったのか」

お吟がいきまいた。

「運ぼうとして運んできたのではない。だが結果として、そうなったということだ」

池田はお吟の言葉を制した。

「何という名の病なのかね」

「分かりません。名も病の性質も定かではないのです。症状から、『変病』と言う者もいれば『暴瀉』や『コロリ』と呼ぶ者もいます」

「ころりと、死んじまうからだね」

「では、ミシシッピー号が来る前は、日本にはこの病が入ったことはなかったというのだな」

「いや、それがそうではないのです」

吉利の問いかけを受けた言葉だが、池田の物言いには、憤然《ふんぜん》とした気持ちが窺《うかが》えた。

「今から三十年以上前の文政《ぶんせい》五年の八月に、これと極めて似た症状を呈《てい》する疫病が朝鮮半島をへて対馬《つしま》で大いに流行り、下関《しものせき》に上陸しています。嘔吐、下痢、絞るように腹が痛み痼ができ、二、三日ほどで死んでいきました。発病しても、手を尽くす暇《ひま》がなかったといいます」

「江戸で流行り始めた疫病と、同じ症状じゃないか」

お吟は憮然《ぶぜん》としている。

「そうだ。下関から萩《はぎ》に広がり、さらに山陽道《さんようどう》一帯を経て大坂に伝わった。だがそのときは、京から東には伝わらなかった。十月には疫病は下火になった」

「じゃあさ、そのときの治療の様子やどんな薬が役に立ったかといった記録が、残っているんじゃないのかい」

微《かす》かな救いの場を求めるように、お吟は言っている。だが池田の顔は晴れなかった。

「私も、そう思った。だが残ってはいない」

ここで言葉を区切った。なにか残っていればと、それが悔《くや》しいのだろう。

「解明せぬうちに、病は下火になり消えてしまった。ただそのとき分かったことが一つだけあった」

「な、なんだいそれは」

「この疫病は、川や水に沿って伝染してゆく。水の都といわれた大坂が大惨禍《さんか》にみまわれたのは、発達した水路のせいだといわれている」

「それじゃあ、江戸だって同じじゃないか」

「そうだ。だから憂いているのだ」

「だめだよ。憂いているだけじゃ。何とかしないとさ」

お吟はかなり興奮している。だが話していることはまともだった。吉利はお吟と池田のやり取りをじっと聞いていた。

「その通りだ。厳しいことだが、まったく手がないということではない。今私は、それを探っている」

「どういうことだい」

「実はその文政五年の初めに、長崎の出島に住む阿蘭陀商館長のブロムホフという人物が、幕府に挨拶をするために江戸へやって来たのだよ」

ブロムホフはそのとき、ジャワで下痢と吐瀉、激しい腹痛に苛《さいな》まれる疫病が流行っていることを蘭学者桂川《かつらがわ》甫賢《ほけん》と宇田川玄真《うだがわげんしん》に伝えていたのである。原住民も欧州人《おうしゅうじん》もこの疫病にかかって多数の者が亡くなった。

この病の名を、異国ではコレラという話した。

コレラがジャワで流行ったとき、阿蘭陀医師が著した体験記を桂川に渡したのである。それにはコレラの概要と治療法が書いてあった。

体験記は、宇田川の養子宇田川榕庵《ようあん》の手に渡り日本語に翻訳《ほんやく》されている。我が国のコレラ書の第一号だ。

「じゃあ、それが手に入れば、確かな治療ができるということだね」

「現実に猛威《もうい》を振るっている疫病が、そのコレラであるならば、有効な手立てがあるだろうな。ただ今の段階では、江戸で流行りかけた病がコレラであるかどうか、それすら定かではない。書物をよく読んで、確かめた上でのことだ」

「その書物が、早く手に入るといいね」

お吟は、ほんの少し顔に笑みを浮かべた。

「ツテを辿《たど》っているからな、一両日中には手に入るだろう。そうしたらお吟にも、知らせてやろう」

「ありがとう。どうぞよろしくお願いします」

最後には、お吟は丁寧に頭を下げた。

五百文取られた処方箋についても見せたが、池田は肯定《こうてい》も否定もしなかった。毒になるものではないので、飲ませることはかまわないだろうという話だった。

「生水を飲んではならぬ。出来るだけ火を通せ。病人に触れた者は、そのたびに必ず手を洗え。外出した後は、必ず口漱《くちすす》ぎが肝要だ。一つ一つのことを、面倒がってはならぬ」

池田は最後に、そういう注意をした。

「納得がいきましたね」

種痘所を出ると、吉豊が吉利に言った。

「どうだ。おイネを屋敷に引き取ってもよいぞ」

吉利は告げた。そのほうが、病に罹った娘のためでもあり、お吟ら他の娘たちのためにもなると考えたからである。いってみれば、疫病患者の隔離である。

「大丈夫だよ。あたしたちのことだからさ。浅右衛門の旦那には、薬代を立て替えてもらった。それだけで充分だよ。あれは必ず返すからね」

お吟は、きっぱりと言った。

別れると、足早に霊岸島へ去って行った。おイネのことが気になるのだろう。

吉豊が何か言いたそうにしていたが、口には出さなかった。体をいとえ、とでも言いたかったのかもしれないが、手早くそんな気の利いたことを言える男ではなかった。

五

麹町平川町の山田屋敷へ、吉利と吉豊は戻った。堀の内側にある平川町には、霊岸島のような、緊迫した気配は欠片《かけら》もなかった。

残暑の日差しが道を照らして、屋敷の樹木からは蝉の音が聞こえる。

「丁寧に手を洗え。口を漱ぐのを忘れるな」

屋敷内に上がる前に、吉利は吉豊に命じた。池田の言葉を、山田屋敷でも守らせようとしたのである。

それは子どもや奉公人、門弟たちにも徹底させなくてはならない。

玄関から上がってゆくと、訪ねてきていた京橋竹川町の薬種屋大黒屋の主人四郎左衛門が、商談を終えて帰ろうとしているところだった。山田家からしか手に入らない人胆丸を仕入れに来たのである。対応をした在吉が、見送ろうとしていた。

「これはこれは、山田様。このたびはいろいろとお心遣いをいただきまして」

四郎左衛門は慇懃《いんぎん》な挨拶を、吉利にした。満面の笑みだ。満足の行く商談ができた模様だった。

三十代後半の中肉中背《ちゅうにくちゅうぜい》で、何かにつけて大げさな物言いや態度をとる男である。なかなかにやり手の商人だという評判があるが、相手によって頭を下げる角度を変えるから、狡賢《ずるがしこ》いだけの男だと酷評する者もいた。店の商いの他に、何軒かの家作《かさく》を持っている。

女房との間に、十一歳と九歳の男児がいると聞いていた。

人胆丸は、人の生き肝を使うから、誰もが容易に製造することを許されていなかった。斬首を行なった罪人の体から取った肝だけが扱われ、この薬を手に入れたければ、山田家を通す以外に道はなかった。

高価な漢方薬だが、この薬を今度の疫病との関わりの中で、滋養強壮の補助薬として大黒屋は販売を考えている。番頭の話では、飛ぶような売れ行きだったという。主人四郎左衛門が自身でわざわざ出向いてきたのは、人胆丸を大量に仕入れたいという思惑《おもわく》があってのことと推量できた。

「これからも、どうぞよろしくお願いいたします」

吉利に対して、もう一度深く頭を下げると四郎左衛門は去っていった。

「具体的には、どういう要件であったのか」

居間につき、着替えを済ませてから、吉利は在吉に訊《き》いた。吉豊は幼少の頃より剣術と学問には強い興味を示したが、人胆丸の販売にはまったく関心を示さなかった。そこへゆくと在吉は、兄と性格を少し異にしていた。もちろん山田家の男子として剣の修行に励んだが、商人との商いの交渉《こうしょう》を嫌がらなかった。いや、商人とのやり取りを面白がったのである。いつの間にか、算盤《そろばん》を使っての算術も巧《たく》みな腕前になっていた。

山田家の男児が、算盤を弾《はじ》こうとは夢にも思わなかった。初めて見たときは、心底驚いた。

もちろん吉利は、それを憂いているわけではない。人にはそれぞれ、もって生まれた資質や才覚がある。

それを活《い》かせばよいと考えていた。

昨年亡くなった妻の志乃は、四人の男子を吉利に遺してくれた。嫡男の吉豊は二十歳《はたち》になる。家業である刀剣鑑定の眼力も、徐々に備わってきているし、斬首やその後に行なわれる試斬りの場でも、見事な腕を見せるようになった。

堅物《かたぶつ》で一途《いちず》な気性である。部屋で書を読んで過ごすということが多く、気の合う門弟と談笑する姿はほとんど見かけなかった。ただ近頃、ときおり行き先も告げず一人で出かけてゆくことがある。

吉利は、吉豊には好いた娘ができたからだと考えている。相手はお吟。口下手だから、相手に思いが伝わっているかどうかは分からない。

次男が二つ年下の在吉だ。お喋《しゃべ》り好きで、稽古《けいこ》の後は親しい同年代の門弟と、よく町へ繰り出してゆく。剣の腕前では、明らかに兄より劣《おと》る。だが最初の斬首のときは、吉豊よりも落ち着いていた。

三男の吉亮《よしふさ》は、まだ五歳にしかならない年の離れた弟である。けれども剣の腕前では、吉豊をも凌《しの》ぎそうな天稟《てんぴん》を早くも芽生えさせていた。多くの門弟たちは、自らの踏み込みの前に、この幼子から打ち込まれる虞《おそれ》を感じると供述する。剣捌《さば》きに、常人にはない鋭さが籠っているからだ。

末子の真吉《まさよし》は、乳を飲むこともないままに母を失った。だが乳母の手で、天真爛漫《てんしんらんまん》に育てられている。三人の兄たちは、この頑是無《がんぜな》い弟を可愛《かわい》がった。

「大黒屋の申し分は、仕入れの量を増やしたいということでした。それも早急にほしいということです」

在吉は、対談の様子を吉利に話し始めた。膝元に、小売りに卸した数量と値段を記した帳面を置いている。

吉利はこれまで、その帳面など覗いて見たこともない。しかし得体の知れない疫病が蔓延《まんえん》する兆《きざ》しの中で、人胆丸がどのように人々に役立っていくのかには関心があった。

人胆丸は、貴重な材料を使っているわけだから、安い価格ではない。老人や病人の体力を養い、長く労咳を患《わずら》っている者の健康を購《あがな》う薬である。暴瀉ともコロリとも呼ばれている新種の疫病に、直接に役立たなくとも求める者がいるならば、飲んでもらいたいと考えていた。

生きることを望みながらも斬首された罪人たちは、己の生き肝が人の役に立つことを、嫌がりはしないだろう。

山田家の家業は刀剣の鑑定と試斬りが中心で、収入はここから得ている。公儀御試御用は年に一、二度しかなく、この手当ては一刀につき金一枚（十両）が支給された。だが鑑定や試刀は、五日と空けることなく大名家や旗本家、物持ちの商家の主人などから依頼される。鑑定代は相手の事情や刀剣の種類にもよるが、これらを合わせるとなかなかの額になった。

そしてさらに山田家の家計を潤《うるお》しているのが、人胆丸の販売であった。この収入は馬鹿にならない。浪人の身でありながら広大な屋敷に住まい、多数の門弟を養うことができるのは、まさにこの金があるからに他ならなかった。

吉利はこの金で、斬首した罪人たちの供養《くよう》のために塔を建てたり、無縁仏を受け入れる寺院を建立《こんりゅう》したりしてきた。

「大黒屋は、仕入れの価格を倍にしたいといっています。その代わり、他所《よそ》へ回さず、当店にだけ集中させてほしいと言ってきました」

「そうか。それでその方は何と申したのだ」

「できない、と申しました。他の店とのこれまでの付き合いがあります。得体の知れぬ疫病が流行り始めていると聞きますから、それらの店からも、追って求めがあると思われます」

「では、どう話はまとまったのか」

「はい」

在吉は、僅《わず》かに誇らしげな顔をした。自分がした裁定に満足している様子だった。

「仕入れの価格が上がるのは、当家に取って不利益ではありません。ですから他の店へ卸す分を四割がたを減らし、大黒屋へ回します。大黒屋の仕入れ値は倍ではなく、五割増しとする。そういうことで、話をつけました。主人も、満足して帰りました」

それを聞いて、吉利はすぐには返事をしなかった。

ふうと、ため息を一つだけ吐いた。

いつもならば、即座に「それでよし」と言う。それを言わない父親を、在吉は不審そうに見返した。そしてはっとした顔になった。

不機嫌なことに、気がついたのだ。

「世の混乱と、人の弱みに付け込んで、金を儲けるようなことをしてはならぬ。その方はこれから、大黒屋へ行ってまいれ」

「はっ」

有無を言わせぬ物言いだ。吉利の言葉に、在吉は平伏した。

「何を話してくるか分かるか」

「話は、なかったことにするのですね」

「そうだが、それだけではないぞ」

「………」

在吉は、困惑《こんわく》した表情を見せた。何を言えばよいのか、思い当たらないようだ。

「大黒屋は、すでに人胆丸の売値を二倍に上げていた。今後はさらに、暴騰《ぼうとう》を続けるのかもしれない。そこでだ。そうはさせぬ手を打ちたい」

「はい」

「早急に、関わりのある薬種屋の主人や番頭と話をつけるがいい。そして仕入れているこれまでの割合に添って、ある品すべて吐き出すと伝えるのだ。その代わり、人胆丸は一切値上げをさせてはならぬ。もししたならば、その店には以後二度と卸さぬと告げるのだ。分かったか」

「肝に銘じて」

吉利は怒鳴《どな》りつけたりはしなかったが、その言葉には叱責《しっせき》が交じっていた。在吉はその響きを、感じ取った気配だった。額に脂汗をかいていた。しばらく下げた頭を上げられなかった。

六

「昨日は、父上にお叱《しか》りを受けました」

在吉が吉豊の顔を見ると、近寄ってきて言った。いたずらを見つかった子どものような顔をしていた。

屋敷を出たきり、在吉は深夜まで戻らなかった。大黒屋を初めとして、付き合いのある薬種屋をすべて廻り話をつけてきたのである。

「いやあ、この機会に儲けたい。そんな奴らばかりで難渋しました。大黒屋が二倍出すならば、三倍出してもいいという店までありました。でもそうなると、本当に必要な者の手に入る頃には、いくらになっているか知れたものではありません。父上のおっしゃることがよく分かりました」

いつもの磊落《らいらく》さはなく、しゅんとした物言いだった。大黒屋の申し出を受け入れ、五割増しで卸そうとした自分を恥じている。

在吉には、目先のことに囚《とら》われる軽はずみな一面がないとはいえなかった。が、人の忠告を素直に受け入れることのできる男であった。吉利に対してだけでなく、相手の申し分が正しいと判断したときは、自分の意見や行ないを躊躇《ためら》いなく改めた。吉豊は、弟のそういう前向きな部分を愛していた。

もっとも、承知しないと厄介だ。

吉豊は、吉利と共に、霊岸島の莫連娘らと親交を持っているが、在吉はこれを快く思っていない。父親や兄の関わりだから、表立ってどうこうは言わないが、濃い化粧に派手な衣装、乱暴な物言いや態度をするあばずれを、蛇蝎《だかつ》のごとく嫌っていた。由緒《ゆいしょ》ある山田家に出入りする者として、相応《ふさわ》しくないと考えているのである。

お吟らが訪ねてきたおり、吉利や吉豊が在宅していればやむなく通すが、不在の場合は野良犬を追い払うような遇し方をするらしい。

もっともお吟らも心得たものだから、そういうときには、逆らいもせずさっさと帰ってゆく。

「そこでだが、ちと頼みたいことがある」

吉豊は言った。ほんの少し下手に出た言い方をしている。

「何でしょうか」

「人胆丸を、幾つか分けて欲しい。おれの知り人が、難渋しておってな」

山田家嫡男である吉豊が、人胆丸の幾つかを持ち去ろうと、苦情を言う者などいなかった。けれどもこの丸薬の管理は、在吉が行なっていた。昨夜のやりとりのこともあるので、筋を通したのである。

「承知いたしました。少々お待ちください」

しばらく待っていると、在吉は白紙に厳重に包んだ丸薬を薬庫から持ってきた。

吉豊は紙包みを懐《ふところ》へ押し込むと、一人で屋敷を出た。今日は斬首も鑑定も行なわれない。朝稽古を済ませれば、勝手に過ごしていい一日だった。

向かった先は霊岸島である。おイネがどうなったか気になった。また、看病疲れで窶《やつ》れて見えたお吟のことも頭にあった。

日本橋通りは、今朝も人や荷車で賑わっている。一日の商いが始まっていた。だが昨日には見られなかった光景が、いきなり目に飛び込んできた。町木戸の脇に人が寄り集まってざわめいている。

「さあ、買った。買った。得体の知れない西国から来た疫病が、江戸の町を襲っているよ。コロリという、ひとたび罹ったら三日で死んじまうという、おっそろしい難病だ。詳しいことはここに書いてある。広がる前に読んでおかねえと、とんでもない後悔をすることになるよ」

瓦版売りが、がなり声を上げている。

「よし。買うぞ」

「あたしにもおくれ」

飛ぶように売れてゆく。瓦版を買い求めた者は、皆むさぼるように読み始めた。字を読めない者は、読める者を呼び止めて中身について訊いていた。

瓦版屋を認めて、遠くから走ってきたという気配の若い男もいた。霊岸島や築地、鉄砲洲、芝海岸あたりがどうなっているか、噂で聞き、自らの目で見ている者も少なくないはずだった。薬種屋の前には人の列ができ、薬価は瞬く間に高騰している。

我が事として、真相を知りたいのだった。

その光景を見た吉豊は、足取りを速めた。町の様子が昨日よりも、確実に一歩進んだと感じたからである。

霊岸島に入って、まず驚いたのは鼻をつく異臭だった。昨日はお吟の長屋に入ったときに、吐瀉物のにおいとして感じた異臭があったが、それとは違うものだった。

にんにくを焼いた強烈なにおいである。辻々の家で、にんにくを焼いている。そうとしか考えられないものだった。

歩いている人たちは皆足早で、表情が暗い。戸を閉じている店も昨日よりも多くなっていた。『忌中』の貼紙が、何枚も目に付いた。

坊さんや医者とおぼしき男とすれ違った。棺桶を担ぎ、喪服の親族が鉦《かね》を鳴らしながらゆく葬列の一団にも出会った。中年の男が泣き腫《は》らしている。女房を亡くしたのだろうか。

昨日も見かけた厄除けの八つ手の葉は、どこの家の軒先にも吊るされているが、今日はそれだけではなかった。大小のどの家の門口にも、神詠の守札《みふだ》が貼られているのである。

魔除けの『みもすそ（御裳濯）川』の守札だ。

悪疫の侵入を防ぐ八つ手の葉だけでは不十分だと考え、守札を貼っているのだった。

みもすそ川とは、伊勢《いせ》神宮の内宮を流れる五十鈴《いすず》川の別名である。斎宮《いつきのみや》であった倭姫命《やまとひめのみこと》がこの清流で御裳《みも》を洗い清めたという故事から、みもすそ川が伊勢の神徳によって身を清め、悪疫を祓《はら》い清め流す霊力を有すると信じられた。そこでみもすそ川を詠《よ》んだ御札が、コロリ祓いに効能があると考えられたようだ。

「神頼みか」

吉豊は呟いた。

お吟の住む長屋からも、強烈なにんにくのにおいが漂《ただよ》っていた。下帯や二布の洗濯物は変わらないが、昨日薬湯を分けてやった日雇い大工の家は、戸が閉じられたままになっている。

「おや、吉豊さん」

顔見知りの娘が、声をかけてきた。今日は、十名近くの娘が顔を揃えていた。しかしいつものような、派手な着物を身につけている者は一人もいなかった。化粧もしていない。先の欠けた下駄を履いていた。

これから、どこかへ出かける雰囲気《ふんいき》だ。

お吟が出てきた。お吟は、まず昨日の薬代の礼を言い、そして続けた。

「おつなさんのおやっさんが、ついさっき亡くなったよ。世話になったけどさ。あの薬、効かなかったみたいだね」

昨日から病んでいた日雇い大工が、亡くなったというのである。目の縁《ふち》が赤かった。いつもは艶やかな唇が、かさついて見えた。

「そうか」

「悔しいけど、しかたがないね。でもおイネには、薬を飲ませているよ。飲ませていると、ほんの少しだけど、病がひどくなるのを抑《おさ》えている気がするんだ」

しんみりと言った。集まってきた娘たちも、今日は無駄口を叩《たた》く者もなく押し黙っている。

お吟ら娘たちの住まう長屋の戸口にも、八つ手の葉がぶら下げられ、みもすそ川の守札が貼られていた。

「大家がさ、配って歩いたんだよ。あたしたち貧乏人はね、町の藪医者ぐらいにしかかかれない。薬だって高いから思うようには手に入らない。手に入ったたって、効くんだか効かないんだか、どうだか分かりやしない。こうなったら、もう神頼みをするしかないじゃないか」

「ではこの、焼いたにんにくのにおいもそうか」

「そうだよ。にんにくの黒焼きは、滋養強壮に役立つけど、においがきついだろ。鼻が曲がりそうになる。この酷《ひど》いにおいで、コロリを追い出そうとしているんだよ」

藁をも摑むという気持ちらしかった。瓦版屋も使っていたが、疫病の名がコロリで定着し始めているようだった。

「でもね、昨日池田先生から聞いただろ。コロリは水が運んでくるっていう話をさ。だからあたしたちは、言われた通り生水は飲まないことにしたんだ。どんな暑い日でも、沸《わ》かした湯を飲む。生物《なまもの》も絶対に食べない」

「なるほど、それは大事なことだな。他の者がうつらないようにするためにはな」

「うん。不満な子もいたけど、これだけはぜったいに守らせるよ。皆、掛け替えのない命だからね」

「お前たちならば、大丈夫だ」

「長屋の、他の人たちにも言っているんだけど、それはどうなるかわからない。暑いからって、そこの井戸の水をがぶがぶ飲んでいるからさ」

お吟は寂しそうな顔をした。忠告を、長屋の人々は受け入れないようだ。

吉豊は懐から人胆丸を取り出して差し出した。

「おイネや、うつりそうな者、疲れている者に飲ませるのだ。体ができていなければ、疫病はすぐに入り込んでくるからな」

「ありがとう。恩に着るよ」

素直に受け取ってくれたので、吉豊はほっとした。

「立て替えてもらったお金は、必ず返すからね。ちょっと待っておくれよ」

「気にする必要はない。できたときに返せばよいと、父上はそう言っていた」

「嬉しいね。でも世の中やっぱり金があればずいぶん助かる、ということはよく分かったよ。それでさ、ひと稼ぎするために、あたしたちは小塚原の湯灌場《ゆかんば》へ稼ぎに行くことにしたんだ。コロリで亡くなった人の体なんて、誰も触りたくないだろ。だから湯灌をしてやると、ものすごくいい駄賃《だちん》が貰えるんだ。それまで着ていた死人《しびと》の着物も貰っていいっていうからね」

湯灌は、死体を火葬する前に湯で拭き清める仕事である。家持や家主でなければ、湯灌は自分の家ではできない決まりだった。そういう役割の者が、必要なのだ。貰った着物は、洗って古手屋へ売るつもりでいる。

「できるのか。そんな仕事が」

「やるんだよ。火葬場では、コロリで亡くなった人の棺桶が、この二、三日でどんどん運ばれているっていうことだよ。おイネには金がかかる。他の子だってならないとは限らない。金は、そのために、なくちゃならないものじゃないか」

お吟ははっきりと言った。場合によっては鼻の下を長くした男から、強請やたかり、美人局もどきのことまでしてのける娘たちである。湯灌場で、コロリによって命を落とした者の体を清めるという仕事だって、案外きっちりとやってしまうのかも知れないと吉豊は思った。

化粧もせず、地味な衣服でいるのは、これからの役目を慮《おもんぱか》ってのものだったのだ。

「でも、あたしたち全部が出ちゃうわけにはいかないからさ、お房さんともう一人は残って、おイネの面倒を見てもらう。お房さんは、本当によくやってくれるから助かる」

お房は、この娘たちの中では一番の年上で、お吟よりも一つ年上だという。外へ出るよりも、内向きなことが得意な質《たち》だそうな。三年前の大地震のときに、親族をすべて亡くして自らも大怪我をした。

おりから出た火事に巻かれそうになったときに、焼け出されたお吟がその場へ逃げてきた。それ以来の付き合いだというのである。

「あの人には、所帯を持とうって決めた好いた人がいるんだよ。でもいくら捜しても会えなくてさ。会えたらここから出て行くって、そう言っているんだけどね」

お吟は、ほんの少しだけお房という娘の昔について口にした。

七

「てやんでえ。何で今朝獲れたばかりの生鰯《なまいわし》が、コロリの疫病を運んでくるっていうんだ。まったく間尺《ましやく》に合わない話じゃねえか」

ねじり鉢巻をした担い売りが、声高《こわだか》に喚いている。天秤棒《てんびんぼう》の両方にある桶《おけ》には、銀色に光る腹を剝き出しにした鰯が、ほとんど売れないままの状態で残っている。朝から売り歩いているのだろう、昼下がりの日差しを浴びた魚は、干からびかけたように見えた。

もう売り物になるとは思えなかった。

「おう、鰯だけじゃあねえぞ。屋台店の食い物も、コロリに罹っているといいやがる。地べたから、疫病が湧き上がってくるとでもいうのかい」

そう言ったのは、屋台の天麩羅《てんぷら》屋である。これも揚げた天麩羅が、大皿の上に山盛りになって萎《しな》びていた。

芝口橋北袂の広場の一角で、担い売りや屋台店の親仁が四、五人集まって話をしている。鰯を含めた鮮魚類と、屋台で売る食い物屋はあがったりだと嘆《なげ》いているのだ。いったん罹ると、三日とたたぬうちに嘔吐と下痢を続け、皺々になって死んでしまう疫病コロリの評判は、今日になって特に人々の口に上るようになった。

「つい数日前まではよ、霊岸島や築地、芝海岸といった海辺ばかりだった患者が、この二、三日、とうとう京橋や日本橋、神田そして深川《ふかがわ》あたりからも出始めたってんだよ。どんどん増えている。それでこの病の経路が、鰯だの屋台の食い物だなんて根も葉もねえ噂が広まっちまったんだ」

「厄介な話だぜ」

「しかしよ。鰯が運んだり、地べたから疫病が湧いて出たりするわけがねえ。おれは、狐《きつね》の祟《たた》りじゃねえかと思うんだがね。腹に痼《しこり》ができ、苦しんだ挙句に顔が黒ずんで年寄りのように皺々になって死んじまう。ありゃあ尋常《じんじょう》な病じゃねえ、狐憑《つ》きの仕業《しわざ》に違いねえんだ」

「うんそうだな、人を取り殺すんだからな。妖狐《ようこ》か千年もぐらに取り憑かれたってえことかもしれねえな」

そこへチンと鉦の音と、読経の声が響いてきた。二十人ほどの喪服に包まれた男女の葬列が、橋を渡ってきたのである。四人の男が、棺桶を担いでいた。

歩いていた人たちは、慌てて道をあけた。

「おれは今日だけで、十回以上は見たぜ」

「なに言ってるんだ。おれなんざ、何十回見たか数え切れないほどだ」

声が低くなった。葬列を目にして、気持ちが沈んだのだろう。

気がつくと、やや離れたところにも、火葬三昧場《さんまいば》へ向かう葬列が歩いてくる。男たちは、ぞっとした顔になった。

「おれたちのように、あがったりの稼業もあれば、疫病のお陰で笑いが止まらない商いもあるんだぜ」

気分を変えるように、わざと高めの声にして言った者がいた。

「まずはあの坊さんがそうだ。あんなに神妙な面していやがるが、内心じゃお布施《ふせ》の額を数えて笑いが止まらねえんじゃねえか」

「そりゃあ、まったくだ。墓の穴掘りや、湯灌場も繁盛していることだろう。棺桶屋なんざ、息つく暇もなく槌《つち》を振るっているんじゃねえかね。銭のことを考えたら、疲れも吹っ飛んじまうんじゃねえか」

「さて、いつまでも馬鹿話《ばかばなし》もしちゃあいられねえ。値下げでも何でもして、さっさと残りを売り払っちまわねえと、おまんまの食い上げだ」

「おまんまの食い上げ程度ならいいが、おめえがころりといっちまわねえように、気をつけな」

力のない笑いを残して担い売りや屋台店の親仁が去って行ったところへ、白い狩衣《かりぎぬ》に草鞋《わらじ》履きの男が三人、芝口橋を北へ渡った。それぞれ背に箱型の祭壇を担い、頭には黒い烏帽子《えぼし》を被っていた。旅の祈禱師といった風情である。

どの顔も、きりりと引き締まって前方を見据えていた。錫杖を握って歩く姿には、勢いがある。売れ残りを抱えて嘆いている、担い売りや屋台店の親仁らとは、気力において雲泥《うんでい》の差があった。

先頭を歩いているのが、年の頃三十半ば、中背だが肩幅のある胸厚の男だ。首から肩にかけて、筋肉が盛り上がっている。腕も丸太のように太かった。四角張った顔は日焼けで赤黒く、彫りの深い面立ちだ。

二番目に歩いてゆくのが、端整な目鼻立ちで顎《あご》がやや細い二十代後半。すれ違った隠居風の老人と目が合った。優男《やさおとこ》だが目に力があって、老人は一瞬で怯《ひる》んだのか、慌てて目をそらせた。口元に、酷薄《こくはく》な笑いがちらと浮かんだ。

最後に行くのは一番年少で、二十二、三歳の長身の男。がっしりとした骨太で、身軽な歩き方をしている。団子鼻《だんごばな》でやや上を向いているのがご愛嬌《あいきょう》だが、整った顔立ちである。濃い眉が賢《かしこ》そうに見えた。左の額《ひたい》の生え際にホクロがある。

三名とも、首から二重にした長い数珠《じゅず》をぶら下げていた。迷うことも躊躇《ためら》うこともなく広い道を京橋の方向に進んでゆく。

竹川町へ来ると、目立つのは黒山の人だかりがある大黒屋だった。コロリに効く薬を求めて、人が殺到《さっとう》している。

「この薬は必ず効きます。ですが少々、お高いですよ」

手代が、どこそこの誰それがこの丸薬を飲んだところ、たちまちコロリは退散していったと声高に話している。するとそれだけで、殺気立った客たちは高値の丸薬を求めていった。どのような薬効成分なのか、訊《たず》ねる者などいなかった。

祈禱師とおぼしい三名は、その大黒屋の人だかりの前で立ち止まった。一番の年嵩《としかさ》が先頭に、そして残りの二人が背後に並んで、すべての者が目をかっと見開いている。左手に握った錫杖をとんと地べたにつくと、先端にある輪になった金具が、鉦のような音を立てた。残った右手を拝む形にした。

「鎮《しず》めたまえ、鎮めたまえ」

三名が、同時に調伏《ちょうぶく》の声を上げ始めたのである。どの男の声も、腹に響く音量のある声だった。それが三重になって広がり、頭と胸に響いてゆく。

騒がしかった店先が、瞬く間にしんと静まり返った。中には、合掌を始める者まで現れた。

大黒屋四郎左衛門はそのとき、店の喧騒《けんそう》を遠くに聞きながら、建物の奥、家人しか出入りしない一室でまんじりともしない時間を過ごしていた。

コロリの蔓延《まんえん》は、大黒屋に思いもかけない利益をもたらしていた。売れ残って処分に困っていた厄介物の品まで、効くかもしれないと言うだけで、高値で売れていった。藁をも摑む気持ちで来ている客は、薬であれば何でも喜んで買ってゆく。

この狂乱はしばらく続くだろうと、四郎左衛門は見込んでいる。その間に、儲けられるだけ儲ければよいのである。

コロリ騒動が、未来永劫《えいごう》続くとは思えなかった。いつかは終焉《しゅうえん》を迎えるはずだが、移り気な江戸の住人は、あこぎに儲けたことなどすぐに忘れてしまう。災害の折に、粥の炊き出しを二度か三度してやれば、コロリ騒動のことなど、それこそころっと忘れてしまう。そう高《たか》を括《くく》っていた。

ただどうしても困惑せざるをえない出来事が、身辺に起こってしまった。

十一歳になる跡取りの長太郎《ちょうたろう》が、昨夜からコロリの症状を見せ始めたのである。薬種屋を看板にしている以上、おおっぴらにはできないので、密かに漢方や蘭方の医者に往診を依頼し、容態を見せた。しかし快復の気配は、一向に表れなかった。

嘔吐と下痢で、見る間に体が干《ひ》からびてゆく。湯を飲ませ、山田家の人胆丸だけは服用させていた。

店で売っている薬が、コロリにはどれも効き目がないことを、四郎左衛門は誰よりもよく知っていた。高価な高麗人参《こうらいにんじん》さえ効かない。酷くなるばかりである。

人胆丸だけを飲ませたのは、滋養強壮のためだった。

わが子の意識は、徐々に薄れてゆくかに見えた。脇腹には、信じられないほどの痼ができている。手で触れてみると、腹に悪魔が宿ってしまったとさえ思われた。

ぼやぼやしていれば、三日目になる明日には死んでしまうのではないか。虞《おそれ》と不安に苛《さいな》まれていた。

コロリに対しては時間が勝負だ。手をこまねいていては、助かる命も助からない。

多くの者が命を落としてゆく。けれども何の手当てもせず薬も飲まぬ重症者が、二日目三日目になって、けろっと治ってしまう例も皆無ではなかった。

命を奪われてしまう者と、助かる者。その二つの違いはどこにあるのか……。

そこまで考えたとき、もはや医術や薬餌《やくじ》で、疫病が治るとは考えられなくなった。

人智を超えた病だと、感じ始めていたのである。

丁度そこへ、三名の祈禱師が現れた。静まり返った店先から、祈禱の声は建物の奥まで届いた。声を聞いた四郎左衛門は、どきりとした。

救いの神が、現れたと感じたのだ。

すぐさま、仲働きの女中を使って、三名の祈禱師を奥の部屋まで招いた。

「名は、何とおっしゃいますのかな」

四郎左衛門は、客人に接するような物言いをした。

「わしは玄海《げんかい》、これは玄峰《げんほう》、一番年若が玄達《げんたつ》でござる」

一番年嵩の祈禱師が、塩辛声《しおから》で言った。秩父三峰山《ちちぶみつみねさん》で、修行を重ねてきたというのである。堂々とした物言いで、相手が大店の主人だからといって謙《へりくだ》る気配は微塵もなかった。

「この建物からは、霊気が立ち上っており申した」

端整な面立《おもだ》ちの玄峰が言った。これは張りのある声だ。眼光鋭く、射るような力がある。一見したところではただの優男だから、こういう目をされると、迫力があった。

「どのような霊気でございますかな」

四郎左衛門は慎重に訊いた。腹を見透《みす》かされた気がした。

「邪気《じゃき》でござる。尊い命が、失われようとしている。覚えはござらぬか」

そう言ったのは、頭格の玄海である。他の二人の祈禱師も四郎左衛門を凝視し、はっきりと頷いた。

「そ、それが」

コロリに効く薬を求めて客が殺到する薬種屋で、実は跡取りがその疫病に苦しんでいる。薬は一向に効かない。などということになっては、店の評判に関わる。だから長太郎の発症については、店の主立った者にしか知らせていなかった。下の弟は、うつるのを懼《おそ》れて女房の実家へ預けている。

何か手を打たなくてはならないと感じていたところだったから、四郎左衛門はこの三名の祈禱師に事情を打明けてみることにした。もちろん口止めをした上でのことである。

「コロリだというのですな。子どもの容態を、見せていただきましょう」

玄海は言った。

病間へ案内した。ここでは母親のお縞《しま》と仲働きの女中が交代で看護に当たっている。

三名の男たちは臆《おく》することなく、子どもの枕元に座り、短い祈禱をあげた。そして一番若い玄達と名乗る男が、病者の布団《ふとん》をまくった。

布団には、吐瀉と下痢のにおいがたちこめている。寝具をいくら換えても、繰り返すからである。

だが玄達は顔色一つ変えることなく、子どもの腹に手を当てた。四郎左衛門と女房お縞は、怯《おび》えた顔でこれを見ている。

「くだ狐が、入り込んでおりますな」

しばらく手で撫でた後、重々しい口調で言い、玄海にそして四郎左衛門に目をやった。

「ええっ」

お縞は小さな叫び声を上げた。手を口に遣って、体を震《ふる》わせている。

「いったい、くだ狐とは」

怖れを目に溜めながら、四郎左衛門が問いかけた。

「子どもの腹にある癇は、狐の化身である。しかし狐はそのままでは人体に入ることができぬ。そこで微細な管《くだ》を通って体に入り込み、このような悪さをしているのでござる」

「な、なるほど」

玄海の説明に、四郎左衛門は頷いた。狐の仕業、何かの祟《たた》りではないかと考えてもいた折も折りである。また人の目には見えないくだ狐が闇夜に徘徊《はいかい》しているという昔話は、幼《おさな》い頃に耳にしたことがあった。

「昨今、伊豆下田《いずしもだ》では、公然と異国の船が港へ出入りしており申す。異国の回し者が身をやつして海辺の町へ出没し、数千匹のくだ狐を撒《ま》いていったのでござるよ」

「な、なるほど。これは異人の仕業でもあるというのですな。だからこそ、これまでに例を見ない、特異な症状を表して死にいたっていると」

「さよう。このたびの疫病は、日ノ本にあった病ではござらぬ」

コロリは、あの大騒ぎをした黒船の中の一隻が長崎へ運んできたという噂も、つい最近聞いた。

三人の祈禱師の物言いはすべて断定的で明確、自信を持って話していた。不安に駆られていたところだから、この言葉に縋《すが》りたいという気持ちが四郎左衛門の中に芽生えた。

「で、では。いかがいたせばよろしいのでしょうか。神仏に祈願すればよろしいのでしょうか」

そういう四郎左衛門を、三人は冷ややかに見詰め返した。

「神仏であれば、どこでもいいというわけには参りますまい」

「確かに、その通りですな」

返答に窮《きゅう》した。医者にも頼めず、薬も買えない裏長屋住まいの者たちは、八つ手の葉を軒下へ吊るしたり、みもすそ川の守札を門口に貼ったりしている。しかしそんなものがこの疫病に効くとは思われなかった。

「ひとたび罹ったら、死から免《まぬか》れることは難しい。即死病とも三日コロリとも呼ばれる病勢の早さ。これに加え死相の異様さ。激痛、大量の吐瀉、痼、全身の痺《しび》れ、黒く皺々となって息絶えるこの病は、この世のものではない」

「………」

「異界の魔物の仕業である」

「ご、ごもっとも」

「コロリの背後には、異界のくだ狐がいる。しかもそれは、異国からやって来た。この悪狐を退治しない限り、疫病から逃れることはできない」

「せがれの腹に宿ってしまったくだ狐を、祓うことができる神仏は、あるのでしょうか」

四郎左衛門の声は半泣きになっている。お縞は泣き腫らして、顔を赤くしていた。

「ある。そのために、わしらは厳しい修行をして参った」

「いったい、それは」

「異界の魔物に勝てるのは、狐の天敵、狼《おおかみ》。すなわち山犬しかいない」

「おお」

玄海の言葉に、四郎左衛門は反応した。顔に、一縷《いちる》の希望が浮かんでいる。しくしくと洟《はな》を啜《すす》っていたお縞も、息を詰めて玄海を見ていた。

「だが狼、山犬といっても、どこのものでもよいとは限らない」

「一番、霊験《れいげん》あらたかなのは、どこで」

そう問われた玄海は、いったん言葉を切った。しばらく瞑目《めいもく》してから、やっと口を開いた。

「狼を祭神日本武尊《やまとたけるのみこと》の眷属《けんぞく》（道案内）として祀《まつ》る、武州《ぶしゅう》秩父の三峰神社だ」

「うむ」

四郎左衛門は頷いた。秩父の三峰神社は険阻《けんそ》な山の中にある。しかし厄除けの御犬が飼われた、由緒ある神社として知られていた。

「眷族の御神犬を借用し、ここまで連れてくることができれば何よりである。さりながらそれはできぬ相談だ。江戸だけでなく東海道の道筋で、疫病コロリは蔓延している。どこの村や町でも、御神犬を拝借したいと考えているが、いかにも数が多すぎる。連れてくることはできぬのだ」

「ではいかがすれば、よろしいので」

「わしらは三峰山で修業を積んでおった。この度、流行病の報を聞き、三峰神社で御神犬の神力が宿った疫病除けの護符を受けてきた。この護符を新たに設《しつら》えた祭壇に飾り、わしらの祈禱を受ければ、悪狐もいたたまれなくなって退散する。これは間違いがない」

「では、ぜひにもお願いいたします」

「しかしな」

そう言ってから、玄海は四郎左衛門を一瞥《いちべつ》した。そして続けた。

「数に限りがある。また護符を受けた三峰神社にも、相応の寄進《きしん》をしなければ御神犬の加護も半減するであろう。祈禱を行なうためには、五十両は用意していただかねばならぬ」

「なんと」

僅か一回の祈禱にしては、目の飛び出るほどの高額の請求といえた。四郎左衛門は即答できなかった。

「ご不満であるならば、あえて享《う》けていただく必要はない。わしらはこれで退散するまでだ」

三名は腰を上げた。強《し》いるようなことは、一言も口にしなかった。

「お待ちください」

腹を決めた四郎左衛門は、祈禱師を呼び止めた。

八

江戸周辺には小塚原、千駄木《せんだぎ》、桐ヶ谷《きりがや》、渋谷《しぶや》、炮録新田《ほうろくしんでん》、高田落合《たかだおちあい》などに、火葬三味場があった。茶毘《だび》に付す場合、ここまで親族縁者が運ぶのである。

もちろん人に頼むこともあったが、いつもならば運んだその日のうちに火葬を済ませ、遺骨を持ち帰ることができた。煙突から一筋上がる煙を見ながら、死者に思いを馳《は》せ、成仏《じょうぶつ》を祈願するのであった。

ところがこの三、四日は、それどころではなくなった。

次から次へと運ばれてくるので、火葬が間に合わない。同時にいくつもの場所で始めるのだが、棺桶一つの片をつけるのには、それなりの時間がかかった。運ばれて来たものを、追い返すわけにはいかないから、けっきょく周辺に積み上げて、順番を待つということになる。

火葬三味場の周辺は人でごったがえした。明日にならなければ焼いてもらえないと言われて、桶を置いたまま帰らざるを得なくなった遺族もかなりあった。

今年は冷夏《れいか》だから涼しい日もあるが、まだ七月も中旬になったばかりで、残暑の厳しい日もある。棺桶の中には、異臭を放ち始めるものも珍しくない。

その小塚原の火葬三昧場に近い、隅田川《すみだがわ》の東河岸橋場町《はしばちよう》に総泉寺《そうせんじ》という寺があり、そこにお吟を含めた八人の娘が、集まっていた。

この寺は敷地が広く、三昧場へ運ばれる前にいったん置かれ、火葬の順番を待つことができた。棺桶を積み上げられることもなく、また僧侶の読経《どきよう》を受けることもできた。

寺の隅には、死者の体を清める湯灌場も設えられている。

湯灌の仕事は、気持ちがいいものではない。ましてコロリで亡くなった遺骸に対して行なうのであった。やり手が少なく、貰える駄賃が多いというので、お吟らはやって来たのである。

「どんな病だって、死にたくて死んだわけじゃないからね。とくにコロリは、死ぬ覚悟もできないうちにいっちまったんだ。だからさ、きれいにして成仏さしてあげなきゃなんないんだよ」

お吟は仲間の娘にいった。皆、神妙に頷いている。

ほとんどの娘たちは、二親や兄弟を亡くした天涯孤独の身の上である。掛け替えのない親族を失うことの悲しみを、味わったことのある者たちばかりだった。

父親の湯灌をしたことがあるという者もいた。

寝巻きや着ていた着物のまま納められていた遺骸を裸にし、湯で洗い手拭いで丁寧に拭く。その上で、遺族によって用意された白の死に装束を身につけさせてやるのだ。女の死者には、顔に化粧も施し、髪も梳《くしけず》って束ねてやる。

駄賃を貰えるだけでなく、このとき着ていた着物も貰ってよいことになっていた。おイネの治療代を稼ぎたい気持ちと、あっけなくコロリで死んでしまった者への愛惜《あいせき》があったから、娘たちはよく働いた。

親兄弟に死なれ、たった一人きりになって世の中へ放り出された。銭も食い物もなかった。そういう修羅《しゅら》を越えてきた娘たちである。だから、いざとなれば、かなりのことができた。

「でもね。死体を触った手を口へやってはいけないよ。必ずきれいな、沸かしなおした湯で洗うんだ。あんたたちがコロリに罹っちまったら、みもふたもないからね」

そこらへんのことは、徹底していた。

蘭方医池田多仲から、水を通してうつる病だと伝えられている。飲み水も、沸かした湯しか口にしない。暑い日は冷たい井戸水を飲みたいところだが、お吟はそれを仲間に許さなかった。

「また、火葬場へ運びきれない棺桶が、運ばれてきたよ」

おたまという十歳になる最年少の娘が、手を休めて言った。額が汗で濡れている。この娘は隠れて井戸の水を飲もうとして、お吟から頰を一つ張られていた。

一同が、顔を上げた。

船着場から、十体ばかりの棺桶が境内にできた仮小屋の中に入れられた。小塚原の火葬三昧場で受け入れられず、仮の置き場として運ばれたのである。一つ一つの棺桶には、名を記した木切れが貼り付けられている。

親族が付いているものもあれば、棺桶だけのものもあった。

ここに運ばれると、今日中の火葬はない。またここへ運ばれてくる前の段階でも、各地の船着場で、遺体が積まれたまま、半日なり一夜なりを放っておかれることがあると、寺の住職が話していた。

亡くなってから火葬を終えるまでに、三日かかるというわけである。

「おや、あの棺桶は」

そう言ったのは、十七になるお吟の妹分のお新《しん》という娘だった。棺桶の一つを指差している。

なかなか立派な棺桶で、親族が六人付いていた。桶には、深川熊井町《くまいちょう》『鹿島屋《かしま》きん』と名が記されていた。

娘たちが走り寄った。

「おきんさん、コロリに罹ったんだね。つい何日か前までは、あんなに達者《たっしゃ》だったのに」

おたまは目に、涙を溜めている。

鹿島屋は、娘たちが住む霊岸島から大川《おおかわ》を隔てた、深川にある質屋である。霊岸島から深川というと遠そうだが、永代橋《えいたいばし》を渡ればすぐである。おきんはそこのおかみさんで、折々質入れに行くと、便宜《べんぎ》をはかってくれたのである。

派手な着物を着崩し、濃い化粧をしている莫連娘たちを、町の人たちはたいてい、汚らわしいものでも見る目で見た。できるだけ係わり合いを持たないようにと、気を使う気配があからさまだった。

ところがおきんは、そうではなかった。大川を隔てているのでそう悪い評判が伝わっていなかったからか、外見などあまり気にしないからか、至極《しごく》まともな対応をしてくれた。

どうしても食えなくて、しぶしぶ鏡台を預けに行ったことがある。貸し渋るのだろうと予想したが、思いがけない金を貸してくれた。

冬の寒い日だったが、温かいもので腹をくちくすることができたのである。金を返しに行ったとき、返せたことを、とても喜んでくれた。

おきんは若い頃、娘を亡くしている。生きていれば、十六になると教えてくれた。

「一仕事済んだらさ、お線香をあげさせてもらおうよ」

お吟が言うと、皆が賛同した。

手を洗い、体に塩を振り合ってから、おきんの遺骸が置かれた仮の安置所へ行った。すでに線香と花が供えられていたが、親族の姿はなかった。火葬は明日になる。とりあえず引き取ったのだ。

一人一人が線香をあげ、瞑目して両手を合わせた。

「コロリで死ぬなんて悔しいだろうけど、成仏してください」

おたまは、声に出してそう言った。

「ねえ。焼かれる前に、一度死に顔を拝んでおかないかい。これでお別れなわけだからさ」

湯灌は、済ませているはずだった。木切れに、昨日の日付けが書いてある。亡くなった翌日ということだ。

「そうだね。じかにお別れをしよう」

お吟も言った。棺桶には十字に縄がかけられているが、これを外すのはお手の物だった。今日はこれを何度も繰り返していた。

蓋《ふた》を開けたのは、お新である。

「あれっ」

皆がいっせいに目を剝いている。驚きの声が一緒になった。

棺桶の中にいたのは、おきんではなかった。二十代後半の、町人の男である。月代《さかやき》が伸びていた。無理やり押し込まれたのだろう、体が捻《ねじ》れ衣服が乱れている。

男としては、小柄な体つきだ。そしてこの仏は、コロリで死んだのではなかった。胸に刺された跡があり、その部分に血の塊《かたまり》ができていた。すでに乾いて干からびている。

「いや一人じゃないよ。この下にもう一人いる」

「えっ」

硬くなった足をどうにか持ち上げると、その下にもう一つ遺体があった。

「これが、おきんさんだよ」

「ひでえことを、しやがるね」

担いで来た人たちは気付かなかった。親族ではなく、駄賃で頼まれた人足たちである。またおきんは大柄な女だったが、体は老婆のように縮まって小さくなっていた。ここに小柄な男の体が一つ加わっても、異変に気付かなかったのかもしれない。

「住職に、知らせてくるよ」

お新が、顔色を変えて走っていった。

第二章　狼糞煙《ろうふんえん》

一

庭の一隅に、枝先に長く垂れた紅紫《べにむらさき》色の穂になって咲いている花を、吉利は見かけた。昨日は気付かなかったので、縁先まで出て見直した。

穂の長さは三寸（約九センチ）ほど。雄蕊《おしべ》が長く、花の外に出て微《かす》かな風に揺れている。それが光を受けて、ほつれた絹糸のようにきらきらと光って見えた。吾亦紅《われもこう》と似ているがやや違う。唐絲草《からいとそう》だった。

屋敷の庭には四季折々の花が咲くが、吉利はこれを見るとほっと気持ちが安らぐ。見ようと思って見るのではなく、何かの拍子《ひょうし》に向こうから目に飛び込んでくる。

花の色や風情《ふぜい》が、昨年やその前の年に見たものと重なって、ああ、あの花だと納得がゆく。すると目の前にある美しさが、胸の内で広がってゆく。

庭に植えられた花を咲かせる灌木《かんぼく》や喬木《きょうぼく》、草の類は、すべて昨年亡くなった妻の志乃の手配による。

志乃の命はこの世から召されたが、夫である自分や四人の子どもたちに対する思いは、季節ごとに花を咲かせる植物の中に生きている。

六月に一周忌を終えたが、その頃までは吉利の気持ちの中に、志乃を失った悲しみがしぶとい澱《おり》になって残っていた。鬱々《うつうつ》とした日々を過ごすことが多くなっていたが、近頃ようやく気持ちに晴れ間ができるようになってきた。

何があってもなくても、すぐに志乃のことが頭に浮かんでくる、ということはなくなった。いつまでも思い出にばかり浸《ひた》っていることを、志乃は喜ばない。少しずつ気持ちを変えねばと心がけてきた。

吉利には、刀剣の鑑定や斬首の執行、門弟への稽古など、日々多忙な役務が押し寄せてくる。納得の行く満ち足りた仕事ばかりではないが、一つ一つに心を砕《くだ》いてゆくことで、生きることの喜びを実感できるようになってきたのである。

また世間では莫連娘と後ろ指を指されている、お吟ら身寄りのない娘らと関わることも、気持ちの空白を埋めるのに役立っていた。

金銭の援助がどこからもない娘たちは、建前だけでは食っていけない。本音で関わり、場合によっては手段を選ばず、得なくてはならないものを得てゆく。世間の習いや、場合によっては罪人になってしまうことなど気にしない行動には、清々《すがすが》しささえ感じた。

嫡子吉豊は、お吟に心惹《ひ》かれるものがあるらしい。だが吉利にしても、お吟と話をしていて、心安らいでいる自分に気付くことがあった。

ただここへきて、世を震撼《しんかん》させる困った出来事が起こっていた。井伊直弼が大老になったことでも、将軍家定公が薨去《こうきょ》したことでもない。そんなことは、庶民にとってはどうでもいいことだ。黒船が来航し、日米修好通商条約が結ばれたことも、まったく関わりのないことではないが、無視しようにもできない一番の出来事は、罹って間をおかず命を奪われてしまう疫病コロリの蔓延《まんえん》である。

山田家でも、ついに一人の門弟の母親が、この流行り病によって命を失うことになった。

秋津《あきつ》市之助《いちのすけ》という門弟は、母一人子一人の十九歳になる若者だ。六年前から道場に住み込んで、剣の修行をしていた。近頃では腕を上げ、牢屋敷での斬首の場にも同道できるほどになった。

浪人の出だから、母親は浅草花川戸町《あさくさはなかわどちょう》にある船宿で女中をしながら、我が子の成長を楽しみにしていたのである。それが帰らぬ人となってしまった。

吉利は二両の香典を持たせ、とりあえず帰したが、今夜はその通夜《つや》となる。市之助については、今後は自分が力になってやるつもりだが、まずは通夜の席で線香をあげねばならぬと考えていた。

吉豊も同道すると言っていた。

「浅草花川戸町は、少し足を伸ばせば橋場町まではすぐの距離だな」

「はい。そこにある総泉寺の湯灌場で、お吟らは仕事をしております」

今朝方に吉豊は、おイネのために霊岸島まで人胆丸を届けた。

吉利は、その折の町の様子を逐一《ちくいち》聞き、僅か一日での町の変わりように驚かされた。

「少し早めに出て、お吟たちの様子を見てこよう。また市之助も一人でどのようにしていることか。大家がいろいろ心遣いをしてくれると話していたが、これも気にかかる」

「はい。市之助のもとへは、すでに年長の門弟を、何名か出向かせております。しかし父上が顔を出せば、どんなにか安堵《あんど》するでしょう」

二人で、山田屋敷を出た。

まず神田川で猪牙舟《ちょきぶね》を止め、これに乗って隅田川河岸の橋場町へ向かった。初めのうち舟は滑《すべ》らかに進んでいたが、急に滑りが悪くなった。棺桶を積んだ弔《とむら》いの舟が交じり始めたからである。

「さっさと進め」

「前を塞《ふさ》ぐな」

一隻二隻ではない。中にはまとめて五つ六つ棺桶を積んでいる荷船もあった。先を急いで、船首や船端をこすり合わせた。

すべてコロリで亡くなった者の遺骸だと、猪牙舟の船頭が教えてくれた。

「なるほど、聞きしにまさるな」

柳橋《やなぎばし》をへて大きな川筋に出る。両国橋の向こうから、棺桶を積んだ荷船がやって来る。また河岸の道に目をやると、そこにも喪服を着た葬列の一団が歩いているのが、いくつも目に入った。

鉦の音や読経の声が、広い土手にむなしく響いている。

橋場町で猪牙舟を降りると、総泉寺はすぐに分かった。境内の仮置き場に棺桶が置かれ、縁者や人足が行き来している。だがそれだけではなかった。霊安所に相応《ふさわ》しくないがさつな話し声と、野次馬らしい数人がたかっている。

その中には、お吟ら見覚えのある娘たちの顔がいくつも見えた。

「いったい、どうしたというのだ」

たまりかねた吉豊が、近くにいた娘に訊ねた。吉利もいることに気づくと、娘たちはすぐに集まってきた。どの顔も興奮気味で、挨拶もそこそこにそれぞれ一斉に話し始めた。

「世話になった人の棺桶があったんですよ。お別れのつもりで蓋を開けてみたんだけどさ。それがとんでもないことでね」

お吟が娘たちの話をまとめて、説明した。

呼ばれてきた住職は、寺社方へ出来事を伝えた。だが殺しがあったのは、総泉寺の境内でないことは明らかである。だから橋場町の岡っ引きも呼ばれていた。

そうでなくても、次から次へと棺桶が運ばれてくる。その多忙な状況での厄介な事件であった。

「湯灌を済ませた棺桶は、そのまま火葬される。それを見越して、刺殺した遺体を押し込んだというのだな」

吉豊は、怒りの籠った声で確認した。刺された死体を川に流せば、殺しとして探索が始まる。これを厄介と考え、事件をないものとしようと謀《はか》ったのだ。

「そうだよ。ふざけた奴だよ。やった野郎は」

お吟も顔を赤らめていた。もともとあった遺体は、世話になった質屋の女房だという。

「遺骸を見てみよう」

吉利は言った。腹を立ててばかりいても埒《らち》は明かない。寺社方がするのか町方がするのか、いずれにしてもどちらかが下手人捕縛の探索を手掛けるはずだが、居合わせた因果《いんが》である。見ておこうと考えた。

岡っ引きは、こちらが山田浅右衛門だと名乗ると、躊躇《ためら》うことなく死体を検分することを認めた。どこが手を出すのか決まらない案件なので、発見されたときから一切手をつけていないという。

「くそ忙しいときに、厄介な事件ですよ」

いかにも面倒だという調子で、ぼやいた。できることなら寺社方でやって欲しいと話しているという。棺桶の蓋も、閉じられていた。

吉豊が蓋を開けた。すると濃い血のにおいがしたが、それ以外にも香《こう》らしい微かなにおいが鼻を過《よぎ》った。だがそれは、一瞬のことだった。

棺桶を日の当たる場所に移動して、吉利と吉豊がじっと見詰めている。

月代《さかやき》は伸び放題だが、髪は梳《くしけず》った跡があった。日焼けをしている。うりざね顔で、右眉《まゆ》の隅に、小さな傷跡があった。

着物は埃《ほこり》にまみれているが、古いものではない。新品の木綿物を、半月ほど洗わずに着ている。そういう印象だった。白地に藍《あい》色の絣《かすり》模様が入っている。体付きからして、小柄だが痩せてはいない。食うに困っているという気配はなかった。

棺桶から、死体を取り出した。真新しい藁筵《わらむしろ》の上に寝かせた。素足である。懐に財布はなかった。

お吟と娘たちが、体を硬くしてその様子を見詰めている。

刺し傷は左胸にあった。匕首《あいくち》で刺されたような傷跡である。滲《にじ》み出た血が、固まっている。着物を剝《は》いで全身を見たが、他に傷跡はなかった。

心の臓を一突きされて、死んだのである。

「足に、肉刺《まめ》がありますね」

吉豊が足を持ち上げて言った。

「旅をしていたのであろうな。その途中で江戸に立ち寄った。何事かの悶着《もんちゃく》に巻き込まれて殺され、財布を奪われたか」

状況を見て推量できることを、吉利は口に出してみた。

「ただ気になるのは、棺桶を開けたときに、ごく僅《わず》かだが香のにおいが鼻を過《よぎ》った。あれは、わしだけか」

そういうと、お吟らは首を捻《ひね》った。しかし吉豊は、目を光らせた。

「私も感じました。ほんの寸刻です。すぐに消えてしまいましたが」

しかし香のにおいを、言葉で表すのは難しかった。ごく一瞬、感じただけのにおいである。

懐には、何もなかった。

吉利はまず襟元《えりもと》を探ってみた。旅人ならば、襟に何かを縫いこんでいる場合がないとはいえない。けれども襟には、指に触れるものは何もなかった。

次に袂《たもと》を探る。するとおかしなものが、手に触れた。

紙を折りたたんだ塊《かたまり》を、油紙で包んだものである。

「何だろ、それは」

お吟が、覗き込んだ。

丁寧に、油紙を剝がした。すると何かが厳重に白紙に包まれている。小指の先ほどの大きさだ。重いものではないから、銭金ではなさそうだ。

吉利はそれを開いて見た。

「な、何でしょうか」

固唾《かたず》を呑《の》んで見詰めていた吉豊が、疑問の声を漏《も》らした。大事に包まれていた品である。

現れ出てきたのは、焦《こ》げ茶色の乾燥した泥か何かの塊である。

「これって、干からびた糞《ふん》じゃないかい」

お吟が、あっさりと言った。

言われてみれば、確かに生き物の糞に違いない。それ以外には、思い浮かぶものはなかった。

においを嗅いでみると、やはり糞のにおいがした。

「でもさ。何でこんなものを、後生大事に取っておいたんだろう」

お吟の言葉は、ここにいた者すべての疑問だった。

「殺した奴は、財布は奪ったけど、袂にあったこれには気付かなかったということだね」

他の娘が言った。

吉利は、これを預かってもよいかと岡っ引きに尋ねた。たぶん断られるだろうと予想していたが、簡単に「かまいませんぜ」と応えた。

「あいつ、殺しの事件でも、やる気がないんだよ。コロリ騒ぎで、町の旦那衆を廻っていろいろ便宜《べんぎ》を図ってやれば、よほど金になると踏んでいるんだ」

お吟は岡っ引きのことを、ぼろくそに言った。

「ちゃんとした検分が済むまで動かしちゃいけないって言っていたけどさ。かまいやしないよ。出したままにしておこう」

男の死体を見ながらお吟が言った。

「うん。一緒に押し込まれていたら、成仏だってできないからね」

そうだそうだと、娘たちは騒ぎ立てた。

見渡すと、いつの間にか住職の姿も岡っ引きの姿も見えなくなっていた。娘たちの言う通り、そのままにしておくことにした。

二

「悔しいね、どさくさに紛れて、こんなことする奴がいるなんて」

娘たちが、目に涙を溜めている。鹿島屋おきんは湯灌を済ませ、真新しい死装束を身につけていた。だがそれが血で汚れていた。男の衣服についていた埃も移っている。

片意地張って過ごしている莫連どもだが、食えないときによくしてもらった恩義は忘れていなかった。

何としても、自分たちの手で湯灌をやり直したいと言っている。

四半刻ほどして、知らせを受けた熊井町の鹿島屋から主人がやってきた。今日中の火葬はできないというので、遺骸はいったん総泉寺に仮安置し、主人は深川の家に戻った。着替えもしないうちに変事を聞かされ、駆けつけてきたというのである。

橋場町の岡っ引きも顔を見せた。

「ずいぶん、酷いことをしてくれますね」

鹿島屋の主人は、疲れきった顔で肩を落とした。

棺桶に押し込まれていた男の顔を見せた。

恐る恐る覗いたおきんの亭主は、小さく左右に首を振った。

「見たこともない顔です」

鹿島屋に関わりのある者ではないと、証言したのであった。

熊井町の家には、息子夫婦と孫が二人いる。そのうち嫁と三歳になる孫も、コロリで寝込んでいるというのだった。

「嫁と孫の命も、どうなるかわからない容態です。家の中はばたばたしていました。棺桶を家に置いておくのも憚《はばか》られる按配《あんばい》でした」

そこで葬儀を昨日中に済ませて、棺桶は町の急ごしらえの安置所へ納めたという。その刻限は六つ半（午後七時）をやや過ぎた頃で、運び出したのは夜中の八つ（午前二時）ころだそうな。

熊井町にも昨日今日になって、コロリによる死亡者が急増した。発症者が一人でも出ると瞬く間に感染する。そうなると棺桶を家に置いておくのも憚られた。町では大川河岸に仮の安置所を拵《こしら》えて、家に置いておけない棺桶を運び入れていた。

「安置所へ入れたときには、間違いなく棺桶の中は女房だけでした」

「すると昨夜のどこかで、押し込まれたということだな」

「そうとしか、考えられません」

吉利の問いかけに、おきんの亭主は応えた。

しかしそこで、我に返った顔になった。岡っ引きに顔を向けた。目に涙の膜《まく》ができている。

「死んだ女房の棺桶に、こんなことをする奴を許せません。どうぞ捜し出してやってくださいませ」

深々と頭を下げた。

「そ、そりゃあ、でえじょうぶだ。きっと捜し出してやろうじゃねえか」

岡っ引きは口ではそう言った。しかしその言葉には、おざなりな響きも混じっていた。

「あいつなんて、何もしないよ。あんなことを言っているのはここでだけだよ。あたしは必ず捜してやる。おきんさんだってそうじゃなきゃ、気が済まないだろうからさ。それにこんなふうに、てめえのした殺しを誤魔化《ごまか》そうという、やった奴の性根が許せない」

お吟は吉利と吉豊に向かって言った。

「そうだな。ならば拙者《せっしゃ》が助勢いたそう。このままでは、後生《ごしょう》が悪いからな」

こう言ったのは吉豊である。

「父上、よろしいでしょうか。花川戸町の秋津の通夜へは、遅れてまいります」

「うむ。仕方があるまい」

秋津の通夜には、吉利だけが先に行くことになった。

湯灌場には、駄賃を得るために請け負った仕事が残っている。すべての娘がここから離れてしまうことはできなかった。そうこうしている間にも、湯灌しなければならない棺桶が運ばれてくる。もちろん、おきんの湯灌もしなおすつもりである。

「お吟さん、あんたが行ってきておくれよ。ここはあたしたちで何とかするからさ」

お新が言った。

吉豊とお吟で、深川熊井町へ向かった。

猪牙舟が永代橋を潜ると、眼前に夕焼けに染まった江戸の海が広がる。白い海鳥が数羽、鳴き声を上げて東の空へ飛んでいった。

熊井町は、大川の河口に面した町である。河岸にある船着場で、二人は舟から降りた。

河岸に見かけない仮小屋が建てられていた。線香のにおいが、そこから流れてくる。教えられなくとも、町が拵えた遺体の安置所だと気がついた。

安置所とはいっても、柱に屋根が付いているだけである。建物の三方が葦簀《よしず》で囲われていた。

入り口に篝火《かがりび》が焚《た》かれている。

新しい棺桶が運ばれて来たところなのかもしれない、読経の声が聞こえた。小屋は

船着場ぎりぎりの場所に建てられ、通り一つおいて、熊井町の町並みが広がってい
た。

　商いをしている家など近辺にはなく、ほとんどがしもた屋だ。熊井町も馬場《ばば》通りに通じる表通りは、食い物などを商う店が並ぶ繁華な土地だが、裏通りの大川河岸は閑《かん》静《せい》だった。隠居所や職人の仕事場、商家の別宅などもある。

　安置所の中を覗くと十四、五の棺桶が置かれ、線香があげられている。七、八名の男女が、棺桶の前で合掌していた。

　町の自身番の書役が、安置所にいた。顔は中年のようだが白髪が多く老人のようにも見える男だった。

「鹿島屋さんには、とんでもないことになりましたな」

　おきんの棺桶について訊ねたいと言うと、刺殺体が押し込まれていたことを知っていた。若くても吉豊の身なりがいいことと、お吟も地味な町娘の身なりをしているので、書役は丁寧な物言いをした。

「ここには壁がありませんから、錠前《じようまえ》をかけることもありません。篝火は昼夜分かたず焚いておりますが、夜半になれば人はいなくなります」

「すると人気のない折に、棺桶の中にもう一つの遺骸を押し込むことは、難しいこと

ではなかったわけだな」

「まさか、そんなことが起こるとは考えもしませんでした」

吉豊の問いかけに、書役は項垂《うなだ》れて言った。状況から推察して、この場所以外で死体が入れられることはあり得えない。

安置所へ棺桶を運び入れた人足と運び出した人足は、別人であるという。それならば、重さが違ったことには気付かないはずだった。

「昨晩この近辺で、悶着があったという話は聞かないか。二十代後半、旅人風の男が絡むものだ」

そう言われて、書役は腕組みして考え込んだ。

「さあ、聞きませんな。この数日はコロリ騒ぎばかりです。どこの町でも、昨日今日になって、何人もの死人が出ています。たとえ気の荒い若い者同士でも、悶着どころではありません。それに遅くまで酒を飲んで騒いでいる者なんていうのも、とんと見かけませんしね」

「なるほど」

町に住む者にしてみれば、諍《いさか》いなどしている暇はないのだろう。だが身内のコロリ騒ぎに埋もれて、気付かなかったということも、ないとはいえない。

「では、この安置所に不審な者が出入りしたという話は」

「それは何とも申しようがありませんな。町の人でなくても、通りかかれば哀れんで、線香の一本もあげてくださる方はありますから。それを怪しいとしたならば、きりがありません」

もっともな話である。

「この近くには、旅籠《はたご》はありますか」

そう訊いたのはお吟である。殺されたのが旅人ならば、宿の者は帰らぬ客に戸惑っていることだろう。

旅籠は熊井町に一軒、隣接する相川町《あいかわちょう》にも一軒あると教えてくれた。

「これから自身番へ戻りますので、ご一緒しましょう」

旅籠へ行こうとしていると、書役が言った。途中まで同道することにした。

町並みの中へ入って行く。忌中の張り紙をしている家が、やはりここでも目に付いた。八つ手の葉やみもすそ川の張り紙も貼られている。人通りは少なかった。

そろそろ夕闇が町を覆う刻限だが、町は表通りはもちろん、裏通りや路地に至るまで明るかった。それは辻々に篝火が焚かれているからである。どれもたっぷりと薪《まき》がくべられ、赤々と燃えていた。

「これは、どういうわけですか」

安置所の前に置かれていたのは納得がいったが、これはどうしたことかと吉豊には合点《がてん》がいかなかった。

「火は、邪気と穢《けが》れを祓《はら》います。コロリは、邪悪な狐《きつね》憑きや前世の祟《たた》りなのかもしれません。これを火や鳴り物で追い払うのです」

「鳴り物ですって」

「そうです。暮れ六つ（午後六時）が過ぎたら、町の若い衆が集まります。いっせいに鉦《かね》や太鼓を叩き、篝火の焚かれた町を練り歩きます。もちろん体には、八つ手の葉やみもすそ川の守札も貼り付けます」

「すると町の者は、コロリは魔性の者の仕業だと考えているわけですね」

「そうです。あのような奇怪な病は、この世のものではありません。異国の船は妖狐をこの国に撒き散らしたのです。火と鳴り物で追い散らしてやるのです」

決意の籠《こも》った顔だった。お吟も、その言葉を聞いて頷いていた。

吉豊は、返答のしようがなかった。コロリは異国の疫病である。まだ日ノ本の国では知られていないが、治療法がないわけではないと池田多仲が話していた。まじないよりも、そちらが確かだと思っていたが、だからといって否定することはできなかった。

日本は神の国だという気持ちが、吉豊にもあるからである。

書役と別れて、二軒の旅籠を廻った。行方不明になっている投宿者はいないかと訊ねたが、そういう者はいないと答えられた。コロリに罹って寝込んでいる者はいるが、という返答だった。

町内でかなりの者に、昨夜の不審人物について訊ねた。だが記憶している者はなかった。コロリ騒動が盛んになった昨夜など、深夜酔ってふらついている者などいなかったというのである。皆、さっさと家に帰ってしまうのだ。外へ出た者を捜すのでさえ手間がかかった。

三

翌朝、霊岸島からお吟の言伝《ことづて》を持った娘が、山田屋敷を訪ねてきた。ようやく朝稽古が終わった刻限である。

吉豊が娘から話を聞いた。

「おイネが、今朝未明に亡くなったそうです」

吉利は報告を受けた。発病して四日目の朝だった。

「そうか」

お吟も娘たちも、さぞかし無念であっただろう。

吉利と吉豊は、焼香のために、霊岸島へ向かった。

武家地に囲まれた麴町平川町には、まだコロリに罹って人が死んだという話は聞かなかったが、千代田の城の東側、海際にある町々は、多数の被害者を出していた。

町の木戸番小屋や自身番で、顔を寄せ合って話している人の姿をいくつも見かけた。どの顔も、額に皺を寄せて嘆いたり、ぼやいたり、繰言《くりごと》を述べたりしている。

船着場では、棺桶が荷船に運ばれていた。数が多いので、まるで荷物のような扱いをされているものもあった。

どのような名医にかかっても、高価な薬を飲んでも、この病には効かない。ものすごい速さで、そういう噂が町々に広がった。

腹にできる痼《しこり》には、くだ狐が潜んでいる。多くの人が、真顔でそんな話をしているという。

広場に町奉行所が立てた新しい高札《こうさつ》が目に付いた。蔓延しつつある疫病についてである。昨日はなかった。

それには手を洗え、嗽《うがい》をしろといった誰でも考えつくような注意ごとが書かれているだけだった。そして最後に、流言飛語《りゅうげんひご》に惑《まど》わされるなとあった。

「ふん。こんなことじゃ、コロリは治りゃしねえさ」

「そうだね。お上は、あたしたちのことなんて、何も本気じゃ考えちゃいないよ」

高札を見上げて、吐き捨てるように言っている夫婦者がいた。

吉利と吉豊は霊岸島へ急ぐ。

お吟ら莫連娘が住む長屋は戸が開け放ってあって、娘が三人表に出て呆然《ぼうぜん》と座り込んでいた。線香のにおいが流れてきている。

どの娘も、目を赤く腫《は》らせていた。寝ていないのだろう。

「浅右衛門の旦那が、来てくれたよ」

気付いた娘の一人が、長屋の中に声をかけた。するとばらばらと娘たちが、姿を現してきた。

「死んじまった。助けてあげることが、できなかった。あの子はさ、品川宿《しながわじゅく》から逃げてきたんだよ。二親を火事で亡くして、伯父《おじ》さんという人が、おイネを売《う》っ払《ぱら》おうとしたんだ。やっとここで落ち着けるって、喜んでいたのに」

出てきたお吟が、目に涙を溜めて言った。肩を震《ふる》わせている。お吟が泣く姿を見るのは初めてだった。

それを見て、他の娘たちも洟《はな》を啜《すす》り涙を流した。

「ここから出て行くのはいいんだよ。自分の居場所が見つかってそこへ行くんなら さ。でもおイネの場合はそうじゃないからね、こんなふうに別れるなんて、悔しい よ」

吉利と吉豊は、顔に白布のかけられたおイネの遺骸に焼香し、瞑目合掌した。享年 十六。辛いことと悲しいことはあるかもしれないが、それだけではない。必ず楽しいこ とや嬉しいことも、生きていればあるはずだった。

白布を取って顔を見ると、娘たちが施した精一杯の化粧が、おイネの顔に生気を 蘇《よみがえ》らせていた。心尽くしの餞《はなむけ》である。

「どうした。お房の顔が見えぬようだが」

気がついて吉利は訊ねた。お房は親身になって、おイネの看護に当たっていた。莫 連娘の中では最年長である。

「それがさ、うつっちまったらしいんだよ」

「何だって」

「夜明け前ぐらいからさ、もどしたり、下痢が始まったりしてさ。触ってみたけど、おなかにも張りができて」

「痼になりそうだというのか」

「うん」

涙がお吟の手の甲に、ぽろっと落ちた。

お房は、おイネの寝る部屋とは別棟の、一部屋に横たわっていた。側にはお新が付き添っている。

「浅右衛門の旦那。だ、だいじょうぶですよ私は」

吉利と吉豊の顔を見ると、お房は起き上がろうとした。

「無理をするな」

押し留めて、寝かせる。お房は昨日とは別人のように目がくぼみ干からびて見えた。肉も落ちている。明らかに、コロリの症状だった。

「もう、薬じゃあどうにもならないからさ。祈禱をしてみようと思うんだ」

お房の部屋を出たところで、お吟が小声で言った。

「ほう。莫連娘が神頼みか」

そういうことを言うとは思っていなかったので、ついからかう口調になった。だがお吟は反発しなかった。

「だってさ、しょうがないじゃないか。あの人を救うためなら、どんなことだってしてみるつもりだよ」

しっかりした物言いで、目に力があった。悲しんではいるが、めげてはいない。

「お房さんまで、死なせてなるもんか」

「そうだよ」

お吟の言葉に、側にいた娘が反応した。

「京橋竹川町の大黒屋だけどさ、あそこでは今日の昼前に、大掛かりな祈禱を行なうらしいよ」

一番年少のおたまが言った。

「うむ。その話は聞いている」

吉利は応えた。

大黒屋では、狐の天敵狼を祭神日本武尊の眷属《けんぞく》として祀る秩父三峰神社の、御神犬に代わる護符を得た三人の祈禱師の訪問を受けた。この護符を新たに設えた祭壇に祀り、悪狐祓いの修行をした彼らが渾身《こんしん》の祈禱をあげれば、コロリを撒き散らすくだ狐は、これを怖れ退散する。主人の四郎左衛門はそういう託宣《たくせん》を受けた。そこで本日正午に、店の裏手にある庭で、祈禱を行なう。

山田家は大黒屋とは人胆丸を通しての深い結びつきがあるので、よろしかったらお越しいただきたいと、案内の書状が昨夜届いていた。吉利は出るつもりはなかったので、在吉が代わりに行くことになっていた。

「コロリに効くと称して薬を売っている大黒屋がそんなことするのは、おかしな話だけどさ。そんなことは気にしない。誰も呼ばれないけど、店の裏手まで行って一緒にお房さんの快癒《かいゆ》も祈願してこようと思っているんだ。三峰神社の護符ならば、ずいぶんと効き目があるだろうからね」

くだ狐がコロリを撒き散らしているという話は、かなり蔓延しているようだ。病人の腹にできた痼に手を当てると、その痼が動く。腹の痙攣《けいれん》による動きだとしても、細い管によって入れられた狐が腹の中で育ち、悪さをして動いているように感じるのは不自然ではなかった。

大黒屋にしても公にはしていないが、十一歳になる跡取り息子がコロリに罹っている。薬では治らぬと見切りをつけて、三峰山の御神犬の祈禱に縋《すが》ろうとしているのだった。これは、内々の話として店の番頭が話していった。

「わしは大黒屋から、その祈禱について誘いを受けている。行くつもりはなかったが、お吟が望むならば連れて行こう」

「ほ、本当かい」

お吟や他の娘の顔が、ぱっと明るくなった。それだけ見ても、娘たちの気持ちが神仏に傾斜している様子が見て取れた。それはここにいる者だけではない。医者はお手上げ、薬は効かない。身近にコロリに罹った者がいれば、誰でもそういう気持ちになるのではないかと考えられた。

昨夜吉豊が行った深川熊井町では、夜通し篝火を焚き鳴り物を鳴らして疫病の退散を祈願したという。まったく同じ発想だった。

「ただしな、その前に種痘所の池田殿の診察を受けておこう。確かな治療法が分かるかも知れぬと話していたからな」

「うん、そうだね」

お吟にしても他の娘にしても、依存はなかった。娘たちの間では、池田多仲への信頼は厚い。

足が速いという娘が二人、往診を頼みに長屋から走り出て行った。

四

神田お玉が池から、池田は飛ぶようにして霊岸島へやって来てくれた。急ぎ足で来たので、汗をかき息を切らしていたが、お吟が出したのは熱い茶である。

一口飲むと、さっそくお房の容態を診た。

熱と脈を測り、腹をさぐり、口中や肌の状態を観察した。腹や下痢の状態について、幾つか質問をした。

「コロリですな。おイネの看病をしている中で、うつったのでしょう」

「もう薬じゃあ、治らないんでしょ。神様にお願いしなきゃあ」

そう言ったのは、おたまである。

「いや、そうとは言えぬ。これから言うことをきちんと守れば、治る可能性はある。またうつらぬように注意することもできる」

「ということは、阿蘭陀からのコロリに関する書物が手に入ったんですね」

吉豊が言った。前回会ったときに、阿蘭陀商館長ブロムホフの話をしていた。

「コレラは三十年ほど前に、西国で大流行した話をしたな」

「はい。水路の発達した大坂で、たくさんの人が死んだって」

「そうだ。その疫病を見た大坂の医師から江戸の蘭学者桂川甫賢や宇田川玄真のもとへ、状況を知らせる文が届けられていた。桂川らは集まり、果たしてこの病がブロムホフのいうコレラかどうか検討した。コレラではないかということになったが、予防法や治療に関する記述が少なかったので、深く気には留めなかった」

「何でだよ」

お吟が不満そうに言った。

「その文を手にしたのは、その年の十月だった。疫病はそのとき、収まりかかっていたのだ。またコレラというのは、古くからの霍乱《かくらん》ぐらいにしか考えていなかったのだろうな。ともあれ、ブロムホフから伝えられた蘭書はこのときの流行には役に立たなかった」

「でもさ、今度は役に立つんだろ。池田先生は、ちゃんと読んだんだからさ」

「もちろん立たせねばならぬが、これは一人や二人でできることではない。また手間がかかり細心の注意も必要だ」

「で、どうすればいいんですか。治すには」

緊張した顔で、お吟は訊いた。吉利も吉豊も、そして娘たちも池田を見詰めた。おたまは、音を立てて生唾《なまつば》を呑み込んだ。

「こうすれば、一発で治るという手立てはない。だがそれは、しかたがないことだ」

そう言ってから、池田はいったん言葉を区切った。手元にあった冷めかけた茶に手を出そうとしたがやめて、話を続けた。

「コロリは、大量の下痢と嘔吐が続く。これは著《いちじる》しく体から水分が奪われるということだ。顔や体が老人のように皺々になるのは、水分不足になるからだ」

「なるほど。じゃあ、水を飲ませればいいんですね」

「うむ。そういう理屈になるが、どのような水でもよいというわけにはいかない」

「もちろん、コロリに汚れた水じゃあだめだよね。きれいな水で、熱湯を冷ましたやつ」

お吟の目が、生き生きし始めた。いつもの眼差《まなざ》しに戻り始めている。

「そうだな。しかしそれだけではない。人の体にはどうしても塩が必要だ。嘔吐や下痢で体からは塩分がどんどん流れ出てしまっている。飲ませる水には、薄めた塩を混ぜる必要がある」

この薄い塩交じりの水を、排泄した分と同量飲ませることが必要だというのであった。体の水分さえ失われなければ、体は少しずつ体力を快復してゆく。もちろんその間に、滋養強壮の補助薬を飲むことはさまたげにはならない。特効薬はないが、これが今の段階で分かっている一番確実なコレラの治療法だというのであった。

「でもさ、お腹にできる痼は、何なんだろ。くだ狐が入っているんじゃないのかね」

それまで黙っていた違う娘が言った。やはり狐の祟りではないのかと、気になるらしい。おたまも頷いている。

「いくら管を使っても、そのようなものが腹に入るわけがないではないか。あれはな、体が痩せて肉が奪われるからだ。残った臓腑《ぞうふ》が、触《さわ》ると痼のように感じるだけだ」

池田は優しい口ぶりで説明した。けれども、何人かの娘は、ぽかんとした顔をしている。

「ただな。話の意味が、よく分からないのかもしれない。

「ただな。そのことは、話してもなかなか分かってはもらえぬかも知れぬ。それはそれで仕方がないが、薄い塩水を飲ませることだけは忘れるな」

「分かったよ、先生。それからさ、他の者がうつらないようにするには、どうしたらいいんですか。コロリはうつる病だからね」

「そうだな、予防も大事なことだ」

池田はお吟の言葉を受け入れた。

「コロリは、口からうつる病気だ。だから食べ物飲み物に気をつけなくてはならない。病人のものを洗った桶《おけ》を、そのまま井戸水に浸けたりすることはないか。その水を飲んだり、その水で漬物を洗ったりすることはないか」

「それならば、おつなさんがやっていた」

間をおかず、おたまが言った。おつなとは、日雇い大工をしていた亭主をコロリで亡くした、同じ長屋の住人である。

「ならばこの長屋の水は、飲み水としては、しばらく使わぬ方がよいな。水がコロリに汚されている可能性があるからな」

「じゃあ、あたしたちは、どこから水を汲んでくればいいんだよ」

誰かが言った。霊岸島は、どこもコロリの患者でいっぱいである。どの井戸も危険だということになる。

「ちと、遠いがな、わしの屋敷から運べばいい」

それまで黙っていた吉利が言った。霊岸島から麴町まで、確かに千代田の城を間に挟むことになる。娘たち十人分の水を運ぶとなれば、それは並々ならぬ労力となる。だが山田屋敷の水ならば、安全だった。

「いいのかい、そんなことして」

お吟が言った。

「いいも悪いもない。何人か交代で、毎日運ぶのだ」

「そうだな。そうさせてもらえるならば、一番いい」

池田が、吉利の言葉の後押しをした。吉豊もしきりに「そうだそうだ」と言っている。

「それから、汚れた衣類の洗濯だが、これは注意が肝要だ。これを洗った手で、口でも拭こうものならば、たいへんなことになる。やらないつもりでも、人は気づかぬうちにやってしまうからな」

「…………」

「汚れ物は、まず熱湯に浸ける。しばらくしてから、冷めた湯を捨て水で洗いなおす。吐瀉物に潜んでいるコロリの病根は、熱湯に浸かっているときに死ぬはずだ」

「ありがとう。なんだか、力が湧いてきたよ」

どうしたらよいのか、途方に暮れていた。しかし池田の言葉は、お吟に気力と希望を与えたようだった。もう目に涙など溜めていない。

「それにしても、こんな厄介な疫病は、どこから起こった病なんだろ」

お吟は帰り支度を始めた池田に問いかけた。

「天竺《てんじく》だ。南に大河があって初めはそこにだけで起こった病らしいが、今は異国の多くの場所に広がっている」

「ずうっと南の、暑い国だっていうことだね」

お吟は、天竺がある場所を、知っているらしかった。

「私はこのコロリの対処法を、多くの人に知らせなくてはと思っている。だがなかなか耳を傾けない。くだ狐の仕業だと考えている人がたくさんいるからな」

「この近くには、あたしが伝えるよ」

おたまが言った。

「ぜひそうしてもらおう。すべての人が耳を貸さなくても、これで治る人が出てくれば、信じてもらえるからな。そのためには、一人でも多くの患者をコロリから守らなくてはならない」

池田はそう言うと、足早に長屋から立ち去っていった。

「さあ、麹町へ水を貰いに行こう。一刻も早く、たっぷりの湯冷ましをお房さんに飲ませないとね」

さっそくお吟が言った。もう大黒屋の祈禱には、まったく関心を示していなかった。そんなことよりも、きれいな水が欲しいのである。

だがいきなり屋敷へ行っては、門弟らが驚く。井戸のある場所も分からぬだろう。吉豊が同道することになった。

「お父上は、いかがされますか」

吉豊は訊ねてきた。

「そうだな。わしはやはり大黒屋へ行ってみよう」

くだ狐など、いるわけがないと池田は言った。吉利もそう思っているが、町の人たちはそうではない。莫連娘たちの中でも、何名かの者はまだ信じている気配があった。

祈禱がどのように行なわれるのか。そして参集した人たちはどのような反応を示すのか、見てみたい気がしたのだった。

「では、行くぞ」

吉豊が言うと、お吟を含めた三人の娘が、盥《たらい》や花瓶《かびん》、たがの抜けかけた桶を手に持った。それで水を運ぶつもりである。

「屋敷には、様々な大きさの桶がある。それを使えばよいであろう。長屋の者にも分けてやればよい」

吉豊が言った。取り敢《あ》えずは四斗樽《しとだる》二つほどもあれば、充分かと思われた。小型の荷車もあるので、それで運べば、女手でも三人いれば充分のはずだった。

四人で、麹町へ向かってゆく。

「お房は、目立たない娘だったな」

あまり面影が記憶に残っていなかったので、吉豊はそう言った。

「そうだね。地味な仕事を、しっかりやってくれるよ。下の子の面倒もよく見てくれるしね」

「あんたより、年上だったはずだな」

前にそう聞いたのを覚えている。夫婦約束をした男がいて、それを捜しているということだった。

「うん。でもあたしを立てて、皆をまとめてくれた」

「逢いたい人と、会えそうなのか」

これまでも、さんざん捜したのだろう。それでも会えなかった。今の病にあっては、それも気がかりに違いない。

「うん。会わせてあげたいね。吾助さんという櫛職人だったんだけど、まあお互い好いて好かれる仲だったわけだね。あの人はさ、先の大地震で焼け出されたんだよ。おっかさんを亡くしてさ。火の手が回っても、潰《つぶ》れた長屋の下敷きになったおっかさんを置いて逃げることができなかった。足も、挫《くじ》いていたしね」

「お房らしいな」

「そのときさ、あたしも下谷にいたんだよ。火の手に追われていた。逃げていったらさ、たまたまあの人が火に囲まれて残っていた。一人で逃げてって言われたんだけど、あたしは体を鍛《きた》えているからね、あの人を背負って走ったんだ」

お吟は、自分の昔については一切口にしないが、父親から柔術を習ったという話は聞いていた。荒くれ者の旗本次男坊を、見事に投げつけた場面を吉豊は見ている。

「そこで初めて知り合ったわけか」

「うん。それでね、板橋宿《いたばし》まで行った。江戸は酷い状態だったからさ、二人で五日の間納屋《なや》を借りて、そこで過ごした。あの人は吾助さんを捜したいと考えていたから下谷へ戻りたがった。でも足が痛くて動けなかった」

ようやく五日目に、焼け出された下谷へ出て行ったのである。

「あのときのことは、それがしも覚えている。大地が割れるのかと思った。だから火事に巻き込まれなくても多くの家が倒れた。そんな中を足が動かなくては、不便だったであろうな」

「火事のときにね、お房さんを捜す声が聞こえたんだって。でも火に遮られて会うことができなかった」

お房は下谷に戻って、まず吾助が残した張り紙を見た。下谷茅町二丁目の焼けた長屋の跡にいると書かれていた。自分を捜してくれていたのだと分かって、喜んだ。だが急いで行ったその場所には、吾助の姿は見当たらなかった。

「あの人、昨日まであんたが現れるのを待って、そこに座り込んでいたんだよ」

顔見知りの豆腐《とうふ》屋のおかみさんが、教えてくれた。聞き廻ってみると、他にも何人もの人が、お房を捜す吾助の姿を目撃していた。

「あの人、あんたのことをよほど案じていたんだね。目の色が変わっていたよ」

好いた男にそうまでされて、嬉しくない女はいない。だが前日の夕刻以降、姿を見かけた者はいなかった。もちろんこのとき、お吟も一緒になって捜している。

「吾助のことなら知っているぜ。不忍池に若い女の死体が浮いたんだ。火から逃げたんだな。水を飲んでいてよ。顔は浮腫《むく》んで変わっていたが、着ていた寝巻きに覚えがあったらしい。背丈も、あんたと同じくらいだった。あいつ、呆然《ぼうぜん》としていたよ」

町のとび職だった老人が教えてくれた。

娘の遺骸には、引き取り手がなかった。吾助はこれを自分の身内として引き取り、小塚原で丁重に火葬した。そして姿が見えなくなった。

遺骸はお房のものだと考えたに違いなかった。

「あれからずっと捜している。見つからないから、吾助さんは遠くへ行ったのかもしれない。江戸にいるのが、嫌になったのかもしれないね。でもいつか必ず戻ってくると信じて、あの人はそれを頼りにして過ごしているんだ。あたしたちが繁華な場所にいて、派手な身なりをしているのは、人を捜しているっていうこともある。尋ね人を抱えているのは、お房さんだけじゃないからね」

「一人一人が、いろいろな事情を抱えているということだな」

「コロリに罹ったあの人を、あたしたちは絶対に助けるつもりでいる。池田先生の言葉を信じて、あの治療法を続ける。ただ、今だからこそ吾助さんを捜してやりたいという気持ちもあるんだ。会えれば、力も湧くだろうしね」

「そうだな」

「お房さんは、吾助さんのために縫ったという着物を、今でも大事にして持っているんだ。再会したら着せてやりたいって、いつもそう言っていた。その気持ちを思うとさ、やっぱり捜してあげたい。でも……、雲を摑むような話だよね。あたしたちは顔も知らない。知っているのは、吾助という名と櫛職人だったっていうことだけだからね」

お吟は洟《はな》を啜《すす》った。

五

吉利は霊岸島から、京橋竹川町の大黒屋へ足を向けた。招かれた客以外にも、三峰山の御神犬の御利益に与《あずか》ろうという人が、店の前や裏口付近にたむろしていた。親族の病状を語ったり、くだ狐や、コロリを運び込んだ異国の船への恨《うら》みつらみを喋ったりしている。「お犬様、お犬様」と両手を合わせて、呟き続けている老婆もいた。


「通行の邪魔になりますから」

手代や小僧が、集まった人の整理をしている。邪険《じやけん》に追い返すようなことはしないから、どんどん人がたまってゆく。しかし庭に入れる人の数は限られている。招かれた人以外は、中へは入れなかった。祭壇が見えるように、戸だけは開かれているが、それでさえ多くの人たちは見ることもできなかった。

祈禱の声を聞きながら瞑目合掌し、親族のコロリ快癒の祈願をするしかなかった。

「これは山田様」

大黒屋の番頭は、吉利を見かけると、機嫌よく中へ招き入れた。すでに在吉も姿を現していて、祭壇に近い場所に並んで座った。

「父上、ご苦労さまでございます」

吉利が来るとは思っていなかったのだろう。在吉は意外な顔をして挨拶をした。

「これはこれは、山田様。とんでもない疫病が、流行ってしまいましたな」

身なりのいい、商家の主人らしい男が、わざわざ挨拶に来た。吉利にしてみると、どこかで見た顔だとは気がついたが、思い出すことはできなかった。しかし在吉は親しそうに二言三言話をした。

「騒乱にかこつけて、あまり儲けすぎてはならぬぞ」

「承知の上でございますよ」

吉利が言うと、商人は顔に笑みを浮かべた。

「人胆丸を卸している、若松《わかまつ》屋の主人です」

在吉は説明した。挨拶を受け、話をしている姿は堂に入ったものだった。「ほう」という驚きの中に、我が子の成長を見た気がした。

嫡子の吉豊は、刀剣鑑定や斬首の執行の折は必ず同道させていた。鑑定の眼力や、罪人の首の皮一枚を残して斬首する腕前は、一朝一夕《いっちょういっせき》には身につかない。そのために目を肥《こ》やし、実際の斬首をすることで、次代の山田家当主としての技量を身につけさせたいと考えたからである。

けれども次男の在吉には、吉豊ほどには手をかけていなかった。

剣術の腕は兄にはとうてい及ばない。また落ち着きに欠けるところもあるので、鑑定でも微細な部分を見落とすことがあった。しかし豪放磊落《らいらく》な部分もあったので、それはそれでよいと考えていた。

一年半ほど前に、在吉は自ら人胆丸の製造と卸に関わりたいというので、山田家代々の用人と共に任せていた。つい先日、大黒屋に言いくるめられ、高値で出荷しようとした軽率な部分はあったが、その後の迅速な処理は満足のゆくものだった。

そして今の、商家の主人との対応も、そつのないものだった。人にはそれぞれの取柄がある。吉利はそんなことを考えた。

人が少しずつ集まってゆく。白木で設えられた祭壇には、榊《さかき》が供えられている。その前には護摩壇が組まれていた。周囲に並べられた床几《しょうぎ》は、ほぼ来客で埋まった。

どのような祈禱が行なわれるのかと、興奮を籠めて話している者もいた。招かれた者の中には、コロリに罹った親族を持つ者は少なくないはずだった。

「その方は、三峰神社御神犬の厄除け護符と祈禱師の祈りを信じるのか」

吉利は在吉に訊いてみた。コロリは祈りではなく、適切な治療で治ると池田多仲は言い、お吟はそれを信じた。だが大黒屋の庭内外を含めここに集まった人たちは、くだ狐の存在と祟りを信じ、厄除けを願っている。

「何を信じるかは、人によると思います。コロリの蔓延がこの神事で収まるかどうかは存じませんが、私も神がいることは疑っていません。我が家の道場にも神棚があり、稽古の初めと終わりには、腕の上達と安全を祈願いたします」

在吉は少し考えてから、そう言った。

「うむ。そうだな」

もっともな言い分だと感じた。吉利も神仏の存在を否定してはいなかった。日ごろ吉豊と過ごすことの多い吉利だったが、今日は在吉の成長に気付いた一日だった。

「ご祈禱が、始まります」

大黒屋四郎左衛門が床几の中央に腰を下ろすと、番頭が厳《おごそ》かな声を出して言った。

すると座は、しんとして話し声が消えた。

足音が聞こえて、袖括りの緒を締めた白い狩衣姿の三名の祈禱師が現れた。頭には黒い折烏帽子《おりえぼし》をつけ紐《ひも》を顎《あご》で結んでいた。

一番年長の恰幅のよい男が、積み上げられた白木の前に立った。火のついた護摩木を手にしている。二番目にいた顎の細い男は、恭しく三方《さんぽう》を捧げ持っている。そこには三峰神社の護符が載《の》せられていた。

三方を祭壇に置き、護符を取り出してその中央に立てかけた。

「おおっ」

小さなどよめきが起こった。護符には、はっきりと三峰の文字が読み取れた。大振りな朱印が捺《お》されている。

「あの朱印は三峰神社でも、過分な寄進をし自ら祭祀《さいし》に参加しなければ得られないものだ。あの御印影《ごいんえい》を得るために、わしは若い頃に険阻な三峰山を登った。それは難儀をしたものだった」

紋服《もんぷく》姿の老人が言った。

木は人の悩みや災難を、火は智慧《ちえ》や真理を表す。三名の祈禱師は御神犬の護符を戴き、祈禱によって疫病を調伏しようとしているのだった。

年長を先頭に、その後ろに二人の祈禱師が並んだ。するとすぐに、三番目に入った若い男が、腰にあった法螺《ほら》貝を鳴らした。腹に響く音が庭内にこだました。狼の遠吠えに聞こえた。鳴り終わると、三人は数珠を繰った。

「鎮めたまえ、祓いたまえ。秩父三峰のご眷属。悪しき疫病の祟りをなすくだ狐を」

腹に響く年長の祈禱師の声。それに後ろの二人が、唱和した。三つの音が重なると、さらに増幅した音になって参列する人々の耳朶《じだ》を覆った。

護摩壇に、火のついた護摩木が投げつけられた。するとぼっと、赤い炎が燃え上がった。

「ああっ。な、何だ」

炎の中から一筋の白煙が上がった。それはするすると青い空へ向かって突き進んでゆく。空には風があるはずだが、白煙はいささかも揺れなかった。真っ直《まっす》ぐなままに、立ち昇っている。まるで意志があるようだった。

一同はこの垂直に伸びる白煙に驚嘆した。

「御神犬の神冥《しんみよう》が、今この護符に舞い降り至った」

後ろにいた、やや団子鼻の若い男が、凜々《りり》しい声で言った。団子鼻は愛嬌だったが、賢そうな双眸《そうぼう》には精気が溢れていた。

三人は、朗々と祈禱の言葉を述べてゆく。腹に響く音量で、一人一人微妙に声の高低が違って、それが重なったり、ずれたりすることで抑揚《よくよう》が出た。繰り返し繰り返し御神犬への疫病調伏の言葉が続いた。そして護摩壇から、焚《た》かれた強い香のにおいが流れ出した。麝香《じゃこう》のにおいである。

それは瞬く間に、その場にいる者の全身を包み込んだ。

「えいっ、えいっ、えいっ」

気合の籠《こも》った三つの声。錫杖の先についた金属の触れる音が、鋭くりんと響いた。

そして静寂が訪れた。

護摩壇の火は消え、あれだけ雄々《おお》しく上空に伸びた白煙が、跡形もなくなっていた。麝香のにおいも、残っていない。

祈禱師三名は、地を踏む音を残して、庭先から去って行った。

「夢のようでしたな。頭の芯《しん》が、じんと痺れました」

「ほんに、力強いお声でした。それにしても、あの白い煙は、天にも届きましたな。御神犬のご加護が、あまねく行き渡ったということでしょうな」

吉利の背後にいた客が話していた。三名による祈禱を、賞賛していた。それはこの場に居合わせた一同のほとんどの者に共通していた。

興奮の色を目顔に載せて、引き上げてゆく。

「父上、あの白煙は、何だったのでしょうか」

在吉が吉利に訊ねた。賛嘆の声は漏らしていない。揺れもせず真っ直ぐに昇った白煙を、祈禱のせいだとは考えていないようだった。

「狼煙《のろし》の一種だろうな。あれは風に揺れては、遠方からの知らせだと分からぬからな」

「なるほど。どのようなものを焚くのでしょうか」

「うむ。それはわしも気になったところだ。祈禱師らに問うてみようか」

「はい」

二人で大黒屋の母屋へ上がった。番頭に訊ね、祈禱師の控の間へ急いだ。店裏にある十畳の客間が使われていた。そこには、大黒屋四郎左衛門もいた。

山田浅右衛門だと名乗ると、中へ通された。

「けっこうなご祈禱でござった」

吉利は部屋に入ると言った。一番の年長者は玄海と名乗り丁寧な礼を返した。

顎の細い男が玄峰、一番若いのが玄達だと、四郎左衛門が紹介した。三名の体には、まだ麝香のにおいが残っている。

「一つお尋ねしたいことがござってな。ご祈禱の途中、見事な白煙を上げられた、あれは狼煙の一種とお見受けいたしたが、どのようなものを使われたのか。差し支えなければ教えていただきたく、まかりこした」

玄海は、明らかに迷惑そうな顔をした。他の二人は、その顔を見ている。そのとき、脇にいた四郎左衛門が声を出した。

「それは私も、ぜひ伺いたいですな。あのような見事な白煙は、他では見られますまい」

四郎左衛門は、このたびの祈禱には五十両もの大金を払ったはずである。玄海はしぶしぶ承知した。

「これでござる」

油紙に包まれた、赤子の握り拳ほどの塊を取り出した。開いてみると、干からびた焦げ茶色の土の塊のようなものである。

「ほう、これでございますか」

何ということのない土塊《つちくれ》である。四郎左衛門は、興を削《そ》がれたという声で言った。

吉利はこれと同じものをどこかで見たと感じた。ごく最近のことである。それを思い出した。

橋場町にある総泉寺の境内で、質屋の女房おきんの棺桶から出てきた刺殺された男。あの袂から出てきた土塊は、これとまったく同じものだった。量が違うだけである。

さらにもう一つ、土塊からの繋がりで蘇ったものがあった。棺桶の蓋を開けたとき に、かすかに混じっていたにおいである。あのときは微量で気付かなかったが、今日 嗅《か》いではっきりした。麝香だった。

吉利は驚きを顔に出さぬようにして、三名の祈禱師の顔を見た。

「これは、何でござるかな」

そう言うと、玄海は頷いた。

「狼糞《ろうふん》でござる。これも秩父三峰山から、手に入れて参った」

狼は、その鋭い頑丈《がんじよう》な牙《きば》や歯で、得物を皮から骨までむさぼり食べる。その糞に は、餌食《えじき》になった動物の毛や羽や骨片が混じる。これを毛糞と言った。この毛糞を乾 かして、生木の中へ加えて焚くと、その煙はどんな烈風にも横や斜めにならないで真 っ直ぐにあがるという。

「まさに、御神犬のご加護の籠った白煙といえる」

玄海はそう説明した。

「なるほど、確かに大きなご加護がありそうですな」

四郎左衛門は事情を知って、喜悦《きえつ》の声をあげた。あまりに見事な祈禱振りだったことも絡んで、四郎左衛門はすっかり信頼した様子だった。

だが吉利には疑問が浮かんでいた。

同じ狼糞を持っていた刺殺された男は、この者たちと何か繋がりがあるのではないか。狼糞など、どこにでもあるという代物《しろもの》ではない。まだ死体に残っていた麝香のにおいも、この男たちへの疑義を深めさせた。

またさらに、玄海が狼糞を見せることを、初め嫌がったことも気になった。話の通りならば、堂々と説明して憚ることのない内容である。それなのになぜか。見せることに、何か不都合があるのではないかと、詮索してしまうのである。

殺しに重要な関わりを持っているのならば、何を訊いても素直に答えるわけがない。まずは調べられるところはすべて調べて、それからぶつかろうと吉利は考えた。

第三章　似顔絵

一

吉利に命じられた吉豊と在吉は、深川佐賀町《さがちょう》へ行った。祈禱師玄海、玄峰、玄達の三名は、この町の旅籠山城屋《やましろ》に投宿していた。

油堀《あぶらぼり》の北河岸にあって、地方から出てきた商人が主に利用する旅籠である。油堀には油会所があるだけでなく、多数の問屋が軒を並べていた。深川は全国からの産物の、江戸一番の集散場所である。

何艘《そう》もの荷船が行き交ってゆく。櫓《ろ》音や船頭の掛け声が、どこからか響いてくる。

「ええ。六日前に、お着きになりました。そのときは八王子《はちおうじ》から見えたと話していましたね。初めは一部屋だけ借りて、朝から出かけていましたが、昨日からは一部屋を足して二部屋でお使いになっています」

旅籠の中年の番頭が、宿帳を見ながら言った。声をかけた直後に、在吉はそれと分かるように、番頭の袖に五匁銀《もんめ》を落としこんでいる。

若侍相手に、愛想はよかった。

在吉は大黒屋での祈禱の後に、吉利から橋場町総泉寺に運ばれた棺桶から、刺殺体が発見された事件について詳細を聞いている。

「なるほど、何かありそうですね」

狼糞の話を聞いて、三名の祈禱師に対して疑惑を持った様子だった。

吉豊にしても、同様である。お吟は、世話になったおきんの棺桶を穢《けが》した下手人を許せないと言っている。人の不幸をよいことに、殺害の痕跡《こんせき》を消そうとした人物に対しては、吉豊も憤りを感じていた。

だが下手人探しは、まるで雲を摑むような話だった。それが手がかりの焦げ茶の糞が、狼糞だと判って三名の祈禱師が浮かんだ。その三名がやったかどうかを決め付けるのは早計だが、狼糞繋がりで何かが浮かぶ可能性は大きかった。麝香のにおいも気になるところである。

橋場町のやる気のない岡っ引きなど、当てにしていなかった。

「たいていは三人一緒に出て行き、一緒に帰ってきますね。まだ明るいうちに戻ってくることもあれば、遅くなることもあります。ただ宿へ戻ってきて白い狩衣を脱いだ後は、それぞれにお過ごしになっていました。永代寺門前の女郎屋《じょろう》へ、繰り出して行ったこともあるようですね」

「景気が良いのか」

問いかけるのは在吉である。言葉が口から出るのは、兄よりも弟の方が早かった。

「あちこちでコロリの厄除けをなさっているようですからね。おいでになったときから、金払いはよろしいですよ。切羽詰《せっぱつ》まっていれば、少々高値でも祈禱をお願いするんじゃないですかね」

「宿で過ごしている姿は、高潔な祈禱師か。それとも祈禱師の皮を被ったまやかし者か。どちらだ」

単刀直入の訊き方だ。けれども過ごしぶりを見ている旅籠の番頭ならば、あるいは本質が見えるのではないかという気もした。

「さあ、どうでございましょうな。酒もお飲みになりますし、女郎屋へも繰り出します。お仲間同士でお話をなさるときは、かなりくだけた物言いをなさいますが、朝はお勤めのようなことをきっちりとなさいますよ。そりゃあ見事なお声です」

どっちつかずの返答だが、どれもが男たちの姿なのかもしれなかった。

「名は、歳の順に玄海、玄峰、玄達だと聞いているが、そういう名で呼び合っているのか」

「それは違います。祈禱師としてのお名で、互いに呼び合うときには、そうはおっしゃいません」

「何と、呼ぶのか」

「それは、玄海様が捨造《すてぞう》、玄峰様が三八《さんぱち》、玄達さまが吾助と呼ばれていましたな。たぶんそれが、本当のお名ではないでしょうか」

「うむ、そうだろうな」

「では、狼糞という言葉を聞かなかったか」

「さあ、初めて耳にいたしますな」

「一昨日の夜、すなわち七月十日のことだが、あの者たちに不審な気配はなかったか。帰りが遅かったとか、慌てた様子があったとか」

一昨日の夜は、おかねの棺桶が、大川河岸に一晩置かれた。死体を押し込まれたのは、その間のことである。

「そうですね。そうそう、帰りは遅かったですね。玄海様は、町木戸の閉まる四つ

（午後十時）に近い頃でした。他の方は、もう一刻（二時間）ほど早くお帰りでした」

「帰ってきた様子はどうだったのか」

「それは帰ってみえたのを、暗がりでちらと見ただけですから、何も気付きはしませんでしたね」

「女郎屋へ繰り出したのは、いつのことだ。その前か、後か」

「後です。昨日のことです。泊まりではありませんでした。玄峰様と玄達様がお話しになっているのを、店の女中が耳にして知りました。店の名は門前山本町《やまもとちょう》の栗田《くりた》屋だということです」

今日は大きな祈禱があるというので早めに出、まだ戻っていないという。大黒屋での祈禱は好評で、請われてどこかへ廻ったか、まだ明るいが祝宴をあげているのかもしれなかった。

ひと通りのことを訊いた後、吉豊と在吉は門前山本町の栗田屋へ行ってみることにした。大川に沿った道を南に歩いてゆく。

「これは、どういうことでしょうか」

馬場通りへ出て、在吉が不審の声をあげた。永代寺や富岡八幡宮《とみがおかはちまんぐう》の門前通りは、いつものように賑わっている。老若男女《ろうにゃくなんにょ》、町人が多いが武家も混じっている。ここだけを見れば常と同じだが、覆っている空気が違った。

いったい、何が違うのか。吉豊はじっと町の様子を窺った。そして気が付いた。

永代寺や富岡八幡宮は、江戸でも知らぬ者のない大きな寺であり神社である。人々はここへ参ることを喜びとし、終われば大道芸を楽しんだり、茶店で一服したり、小料理屋で酒を飲んだりと様々な娯楽のひと時を過ごす。

だが目の前に見える風景には、それがまったくなかった。参拝を終えて沿道の光景を楽しむ、という風情の者は皆無に近かった。大道芸人など見向きもしないし、茶店もがらがら、小間物や七味、十九文見世《みせ》、歯磨き売りなどの露店《ろてん》にたむろして、親仁と喋っている者もいない。

出ている露店の数も、極端に少なかった。食い物を商う店は皆無である。いつもなら饅頭《まんじゆう》屋の蒸籠《せいろ》から立ち昇る湯気が、今日は一つも上がっていなかった。

人々は参拝を終えると、さっさと帰っていくのである。参拝を楽しんでいるのではなく、切羽詰まってやって来た。コロリ患者を近親者や縁者に抱えての神頼み、それ以外の遊山《ゆさん》気分は微塵もないのである。

さらに馬場通りを遠くまで見晴るかすと、何組かの棺桶を担いだ葬列が見える。忌中の張り紙が貼られている家も、一つ二つでなくあった。

ただ一箇所だけ人が集まり、歓声が上がっている場所があった。大きな商家の前で、溢れるように塩が撒かれ、中心に力士の姿が見えた。

「何をしているのだ」

「さあ」

吉豊も在吉にも見当がつかない。気になるので側へ寄ってみた。

「これはね、コロリの厄除けですよ」

見物していた、初老の職人風が説明してくれた。

「力士は体がでかくて、力持ちですからね。たっぷりの塩を撒いて清め、何度も四股《しこ》を踏んでもらえば、さしものコロリの病も恐れをなして逃げてゆく。それを狙《ねら》ってやっているんですよ」

力士が四股を踏むたびに地べたが揺れ、歓声が上がる。合掌して念仏を唱えている者もいた。

「ともあれ、門前山本町の栗田屋へ行ってみよう」

二人は女郎屋の建ち並ぶ路地に入った。吉豊にはまだ足を踏み入れたことのない場所だったが、在吉はためらわず進んでゆく。

曇天《どんてん》の空とはいえ、昼下がり。女郎屋で遊ぼうという男の姿は皆無だった。色褪《あ》せた格子窓《こうし》の朱色や、火の灯らない軒下の雪洞《ぼんぼり》は、吉豊には侘《わび》しく見えた。

まだ化粧をせずだらしなく着崩した襦袢《じゆばん》姿の女が、数人軒下で腰を下ろしていた。

「栗田屋はどこだ」

在吉が訊ねると、しゃがんでいた女の一人が指差した。

このあたりでは、間口の広い店である。もちろん暖簾《のれん》などまだかけられていない。敷居を跨《また》いで、店の中に足を踏み入れた。商いを始めていなくても、建物全体に、脂粉のにおいが染み込んでいた。

「お客さん、もう少し待ってもらえませんかね」

出てきた遣《や》り手婆《ばば》は、二人を見て言った。客だと思ったようだ。

「ちと訊ねたい」

在吉は瞬く間に、婆に小銭を握らせた。婆は嫌な顔をしたが、銭を返すことはしなかった。

「昨日、三人連れの客が来たはずだ。祈禱師をしている者たちだが、ここへ来たときは、そういう身なりではなかったかもしれぬ。三十代半ば過ぎと、二十代後半と前半の者二人だ」

「ええ、来ましたよ。この三、四日、コロリ騒ぎで、このあたりは閑古鳥《かんこどり》が鳴いている。そんな中でお金を落としていってくれたから、よく覚えていますよ」

あっけないほど容易《たやす》く分かった。

「そんなに客は来ないのか」

吉豊は訊いた。遊びどころでないのは分かるが、夜の歓楽街では別だと考えていた。

「ほんとに来ませんよ。女郎屋だけでなく、居酒屋も矢場もどこも人が寄りつかない。コロリに罹った人はどこの町にもいるから、自分の家に病人がいなくても、遊びに出ようなんて気にならないんだろうね」

「女郎の中にも、罹った者がいるのか」

「もちろんいますよ。うちじゃないですけどね」

遣り手婆はうんざりした顔で言った。

改めて銭を与え、祈禱師の相手をした三人の女郎を呼んでもらった。張り店の裏手にある部屋で、話を聞いた。

どれも若くて器量のよい女だった。客の入りがよくないので、上玉が残っていたということなのだろうか。半刻ほど一緒に飲み、その後それぞれ別れたという。

在吉は要点を摑み取って、どんどん話を聞いてゆく。何も言わなくて済むので、吉豊としては楽だった。

「とても機嫌はよかったですよ。何でも大店《おおだな》での祈禱が入ったって、ご満悦でした」

そう言ったのは、顎の細い玄峰の相手をした女である。大黒屋のことを指している。主に話をしたのは、玄海と玄峰だ。口数が少なかったのは、一番年若の玄達だったらしい。

「何でもその三人のうちの誰かが、金の成る木を捉《とら》えたらしい。だから大店を客として仕留めたとか、そんな話だったね」

「金の成る木とは、どんなものなんだ。おれも仕留めてみたいものだが」

「それは言わなかったね。でも捉まえた場所は言っていたね。どこだっけ」

「ええとね。そうそう、芝神明《しんめい》の近くだったって言っていたよ」

「芝だと」

深川とは、まるで方向違いである。祈禱をする場所を求めてそこまで行ったということだろうか。そういえば旅籠の番頭は、一昨日の夜は、特に玄海の帰りが遅かったと言っていた。

「神明宮の付近で、誰かと会ったということだな」

吉豊が口を出すと、女の一人は、そうかもしれないと返事をした。

「深川から芝というのは、ずいぶん遠い気がするけどね」

そう言った女もいた。

「いや。荒行《あらぎょう》をこなしてきた健脚の祈禱師ならば、深川から芝まで足を伸ばすことは、難儀なことではないだろう」

在吉が受けた。吉豊にしても同感である。舟を使えば、人一人を棺桶のあった大川河岸へ連れ出すことは、そう難しいことではない。

その他幾《いく》つか問いかけをしたが、しょせん初めて来た客である。江戸へ来る前にどこにいたとか、どういう繫がりなのかとか、そういうことは聞けなかった。

「芝神明の近くというだけではどうにもなりませんが、行ってみるしかありませんね」

栗田屋を出たところで、在吉が言った。

二

深川から永代橋を渡って、大川西河岸に出た。芝へ行くためには、霊岸島を通るのが近道だ。

おイネが亡くなったと聞き、朝のうち吉豊は父吉利と莫連娘たちの長屋へ線香をあげに来た。その後、屋敷まで水汲《く》みに来るのを付き合ったから、会ったばかりだといえる。しかしお房がコロリに罹っていた。それも気になったし、探索の報告もしてやらねばと考えた。

どの道、通り道である。

「お吟の長屋へ寄るぞ」

「はあ」

吉豊の言葉に、在吉は釈然としない顔で頷いた。

在吉は、お吟ら莫連娘を蛇蝎《だかつ》のごとく嫌っていた。派手な衣装や化粧髪型、がさつな物言いや態度、どれも山田家に相応《ふさわ》しくないものとして受け入れようとしなかった。

ただ父と兄が屋敷への出入りを認めている以上、来ても追い返すわけにはいかない。仕方がないから受け入れている、といった状態だった。

そんなあばずれどもの長屋へなど、行きたくはないのである。

普段在吉は、快活な若者である。吉豊など比べようがないほど弁も立つし、人付き合いもうまい。遊び好きだ。時には女郎屋へも出入りしているのは、門弟たちの噂でも聞いていた。そしてたった今行った門前山本町の栗田屋での振る舞いを見て、噂ではなく事実だと納得がいった。そういう磊落なはずの弟が、お吟らを嫌う理由が、吉豊には今一つ分からなかった。

霊岸島は、まだ夕暮れ時には若干《じゃっかん》の間があったが、新川河岸の酒問屋街を除けばひっそり閑《かん》としていた。いや新川河岸でさえも、どこかしら覇気《はき》がなかった。

荷運びをしている人足の数も、明らかに少ない。普段なら、早めに仕事を済ませた人足たちが酒を飲む煮売り酒屋も、がらんとしていた。

お吟の長屋も、他と同様、人の姿が見られなかった。長屋の軒先に、新たな守り札がぺたぺたと貼られていた。

「様子はどうだ」

覗き込んだ吉豊の顔を見て、お吟は小さな笑みを見せた。在吉は、軒下にいてそっぽを向いている。

お房の看病をしていたのは、お吟ともう一人の娘だけだった。他は橋場町の湯灌場まで稼ぎに行っているのである。

お吟は自ら、お房の看病をしているようだ。病人は今、静かに寝息を立てている。

「池田先生から聞いた治療法を、ちゃんとやっているよ」

山田家から運んだ水を沸騰《ふっとう》させ、微量の塩をまぜて冷ます。これを常時飲ませることで、下痢や嘔吐で体から出た水分を補充するのである。

「死んでしまったら、吾助さんには会えないよ。会いたいという気持ちがあるんなら、苦しくても飲まなきゃいけないんだよって、話したんだ。そしたらあの人、分かってくれてさ、一生懸命飲んでいるよ」

じれった結びの髪がほつれている。化粧もしていない顔には、隠しきれない疲れが浮かんでいた。だが眦《まなじり》には、お房を死なせてなるものかという強い意志が浮かんでいて、それがお吟の心を支えているようだった。

「水分を摂《と》るようになったらね、確かに顔や体の皺が減ってきたんだ。池田先生の蘭方は、やっぱりすごいね」

「それはよかった」

吉豊も、それを聞いてほっとした。お房の顔を見ると、お吟の言う通り、顔の皺が減り膨らみができてきたと感じた。

「これから芝へ行く。おきんの棺桶を穢《けが》した人殺しと繋がるかも知れぬ人物が、浮かび上がったからな」

吉利が大黒屋で見た狼糞の話を、吉豊はしてやった。

「三人の祈禱師の足取りを、追っているわけだ」

「済まないね。あたしも一緒に行きたいところだけど、それはできないからね。ありがたいよ、吉豊さん」

「うむ」

名を呼ばれて、吉豊は少し面食らった。いつもよりも、優しく呼びかけられた気がしたからである。何と応えたものか思案に暮れたとき、ふと真新しい短冊《たんざく》形の紙片が目に入った。

『釣船清次宿』と達筆な太い筆で書かれている。

「これは、何か」

吉豊は、名で呼ばれたことで、自分の心の持ちように緩みが出たのを感じている。それは武芸者として恥だと感じる気持ちがあって、話題を変えた。

「ああ。それは大家が持ってきたんだよ。門口に貼れってさ。これもコロリの厄除けなんだそうだよ。他所《よそ》の家はさっそく貼っているけど、あたしは池田先生を信じるからさ、そのままほったらかしてあるんだ」

「なぜこれが、コロリの厄除けになるのだ」

「その清次さんはさ、その昔大川端で大きなキスを釣《つ》ったんだそうだよ。それを身の丈六尺（約一八〇センチ）で髪を逆立てた異形《いぎょう》の疫神に供えたんだってさ。そしたら恩に着た疫神は、『釣船清次』と書いた札を貼ってある家には、わしは行かないよって言った。その言い伝えから、厄病除けのお札になったんだって」

「なるほど」

「お札を信じる信じないは、勝手だからさ、他人はどうしようとかまわないけど、大家や近所の人は、貼れ貼れってうるさくってさ」

お吟は苦笑いをした。

皆がするまじないを、自分だけがしないというのも、案外に面倒なことなのかもしれないと吉豊は気が付いた。

町の人々の心が、すっかり神頼みに傾いている。

「山田屋敷の水だってさ、あれならば絶対大丈夫だから、分けてあげようとしているんだ。それなのにさ。長屋の井戸水で充分だって、どこの水だって水に変わりはないって、みんなそう言うんだよ」

憮然とした口調で言った。

「せっかく分けてやろうとしているのにな」

「そうだよ。皆が助かれば、いいと思うからさ」

だがお吟の願いは、伝わらない。

「池田殿も言っていたが、お房の命を救うことができれば、皆の者が見る目も変わるだろう。まずはこれに専念するしかないな」

「うん。そうだね」

お吟は自らを励ます声で言った。

「では、芝へ参る。お吟も体を大事にしろ。お前まで倒れては、どうにもならぬからな」

心に浮かんだ言葉をそのまま口にした。

「ありがとう。あんた優しいね」

お吟は言った。

吉豊は、かなり満たされた気分になった。嬉しいとき、自分はかえって仏頂面《ぶっちょうづら》をする。さぞかし苦虫を嚙《か》み潰したような顔をしているのだろうと思った。

外へ出ると、目の前に在吉がいた。こちらをじっと見ている。

高揚した気持ちが、すっと引いた。

無言で歩き始めると、在吉は慌ててついてきて、抑えた声で言った。

「あれは、莫連娘のお吟だったのですね。初めは誰かと思いました」

「それが、どうしたというのだ」

「あの者たちは、もっといい加減に過ごしているのかと思っておりました。ああやってまじないなど信じずに、蘭方医の治療法を守っている。そうやって仲間の命を救おうとしている。並みの娘にはできぬことですな」

「そうか」

吉豊は僅かに笑った。たいした評価の変わりようだと思ったからである。また派手な着物と髪飾り、化粧をした姿を見れば、気持ちは逆戻りするのかもしれないが、今は見直したということらしかった。

「我が家へ、水汲みに来るのを厄介に感じておりましたが、これからは手があいていたならば、手伝ってやろうと存じます」

お吟を見る目が、在吉の中で変わった。それは吉豊にとって、何よりも喜ばしいことだった。また渋面《じゅうめん》になった。

気を引き締めていないと、笑みがこぼれてしまう。娘のことで一々喜んでいる自分は、いっぱしの武士だと思っている自分の矜持《きょうじ》が許さない。

「それにしてもあの娘、兄上に気があるようですな。あの物言いは、そうとしか思えませぬな」

「何を言うか。つまらぬことを口にするな」

弟を叱りつけることで、浮き立つ気持ちを誤魔化《ごまか》した。

三

芝の海際も、霊岸島と同じく、当初からコロリに汚染された場所だった。しかし町の中心を貫く東海道は、いつものように往来が絶えない。

コロリは西からやって来た。

東海道の街道筋にある宿場や村には、多数の罹患者や死亡者が出ていた。人口の密集する三島《みしま》宿では六百名の犠牲者を出し、そこから田方《たがた》郡下の村々に広がり、家が断絶するという事態に陥《おちい》ることも珍しくなかった。

そういう話は、旅人を介して風のように伝わってくる。

旅人は武家や町人だけではない。僧侶や、コロリの厄除けに社寺へ代参する農民も少なくなかった。さらに西から逃れてきた股旅《またたび》者や怪しげな神官や行者、祈禱師の類《たぐい》もあった。

雑多な人たちが、通りを行き過ぎて行く。

「ふううん。コロリを運んできたのは、黒船の中の一隻かい」

異国人が持ち込んだ病だということは、もうあらかたの者が知っていた。コロリに関する噂は、瞬く間に尾鰭《おひれ》がついて伝わる。

大黒屋が、くだ狐を祓う大掛かりな祈禱をしたという話は、ここにも広がっていた。小揺るぎもせず、空へ駆け上った白煙は、評判になっている。

町の住人でも旅人でも、人が集えばここでもコロリの話題になった。

吉豊と在吉は、芝神明宮周辺の町で、三人組の祈禱師について記憶にある者はないか訊いて廻った。知りたいのは、一昨日の晩のことだ。

三人のうちの誰かが、ここで金の成る木を探し当てたというのである。それがおきんの棺桶に押し込まれた男の、狼糞煙に繫がるかどうか。それが問題だった。

「白い狩衣姿の旅の祈禱師なんて、けっこういるよ。そんなもん、いちいち気に留めてはいませんよ」

軽くあしらわれるのが、ほとんどだった。顔形を伝えても、おぼろげな記憶しかないらしい。また仮に覚えていても、通りすがりや街角で祈禱をする姿を見たというだけでは、手がかりとはいえなかった。

「おや兄上、異人が歩いていきますよ」

「どれ」

在吉が、広い通りを行く一際背の高い二人の男を指差した。在吉の声には不審と驚き、戸惑いがある。

髪はざんばらで、黄色に近い茶髪。羽織らしきものを着ているが筒袖で、袴は細くて脚にぴったりしていた。履物は草履でも下駄でもなく、足全体を包み込む代物だった。異人の姿は、瓦版では何度も見たが、吉豊も在吉も本物は初めてだった。

二人の異人の後ろには、警固のためか定町廻り同心と下っ引きがついている。

町の者たちも、驚きと珍しさで異人の姿を見ていた。異人は物怖《ものお》じしない様子であちこち見回し、異国の言葉で何か話している。

「江戸の町を、異人があたりまえのように歩くようになるぞ」

つい先日、幕府大御番頭の逸見甲斐守が、日米修好通商条約が結ばれたという話をした折に、そう言ったことを吉豊は思い出した。鎖国が終わったという話は聞いていたが、まさかこんなに早く、町中で異人の姿を目の当たりにするとは考えもしないことである。

まして事情を知らない在吉や町の人々が、奇異の目で見るのは当然のことだった。

と、そのとき、ばたばたと足音が近づいてきた。四十前後の人足風の男が、目だけぎらつかせ、蒼《あお》ざめた顔で何か喚《わめ》き散らしながら近づいてくる。

二人の異人は、ぽかんとしてそちらへ目をやった。

近づいてきて、何を叫んでいるのか分かった。

「くだ狐を撒いて、コロリを広げやがった。こんちくしょう。お陰で、かかあとガキを亡くしたんだ」

両手に石を握っていた。それを力の限り投げつけたのである。

「てめえらなんて、異国に帰れ。ここはてめえらの来るところじゃねえんだ」

投げつけられた石が肩にぶつかった異人も、何か叫んでいる。

「何をする。無礼者」

定町廻り同心が叫んで、石を投げた男を取り押さえようとした。しかしその間に、側にいた者たちが男を取り囲み、体を摑まえて路地へ連れ込んでしまった。

「どこへ行った。許さんぞ」

同心は喚き散らしたが、通りにいた者たちは、男が路地に消えると何事もなかったという顔で歩き始めたり、していた仕事を続けたりした。そして二人の異人に、激しい憎悪《ぞうお》の目を向けた。

「コロリを運んできたのが異人だと知っているから、それが怒りになったのですね。

しかも怒りを感じているのは、石を投げたあの男だけではありませんね」

「そうだな、皆のコロリへの憎しみが、異人の姿に重なったのだろうな」

「異人を、打ち払えということですね」

そうこうするうちに、またどこからか石を投げつける者がいた。異人も同心も怒って喚いたが、町の者は知らんぷりをしている。

舌打ちをすると、異人は足早にこの場から離れて行った。

姿が見えなくなると、町はまた何事もなかったように動き始めた。

異国との交易を再開するにあたって、幕府は朝廷や有力諸藩との軋轢《あつれき》を深めている。旗本逸見など刀剣の鑑定先で出る話題を総じて考えてみると、公の知らせはなくともそこへ行き着く。そうした政局混乱の中での、コロリ騒動だと吉豊は感じていた。

幕府や町奉行所の対応は、後手後手《ごて》に回るだろう。今だって疫病に対する確たる方針は、どこからも出されていなかった。

「覚えていることがあったら、話していただきたい」

吉豊と在吉は、玄海、玄峰、玄達の三名の祈禱師について、風貌《ふうぼう》を伝えながら神明宮の近隣の町を訊いてゆく。三島町、神明町、七軒町《しちけんちょう》で、訊ねることができる家はすべて廻った。しかしどの姿も浮かばなかった。

気が付くと、そろそろ夕暮れ時に近づいていた。

「いかがいたしましょうか」

げんなりした顔で、在吉が問いかけてきた。

「神明宮の中も、入って訊いてみよう。それでだめならば、ふり出しに戻るだけだ」

二人で境内に入っていった。

近隣の信頼を集めている神社だから、コロリ除け祈願に現れたらしい人の姿は多かった。足早にやって来て、参拝を済ませるとお札を受けて、さっさと引き上げてゆく。疲れた顔が目に付いた。

その中で、無精《ぶしよう》ひげの伸びた三十一、二の男が、棒切れの先に似顔絵を描いた張り紙をつけて、突っ立っている姿が窺《うかが》えた。『尋ね人文平《ぶんぺい》、藤沢《ふじさわ》在二十八歳』と似顔の脇に書いてある。

男の顔は日焼けして月代は伸び、埃《ほこり》っぽい身なりである。決して古い着物ではないのだが、塵《ちり》や埃で汚れている。草鞋《わらじ》履きだった。顔は違うが、どこかで見たことのある身なりだと考えたとき、吉豊は気が付いた。

おきんの棺桶に押し込められた男の身なりである。年頃も、そうは離れていない。

近寄って似顔絵をじっくりと見た。なかなか上手な絵である。月代などは伸びていない頭で、うりざね顔。穏やかな男の顔が描かれている。しかし右の眉毛の隅に、小さな傷跡があった。

ほんの昨日見たばかりの顔である。忘れるわけがなかった。あの男の顔だった。

「文平という男は、お前の旅仲間か」

「そうです。相模の国藤沢宿からコロリの厄を落とすために、秩父の国三峰神社まで代参して、戻ってきたところです」

「何と、三峰神社からか」

吉豊は心の臓が一瞬熱くなったのを感じた。ようやく、何か肝心なものに辿《たど》り着いた気がしたからである。側にいた在吉も、体を寄せてきた。

「そうです。一昨日江戸について、浜松町《はままつちょう》の旅籠に宿を取りました。次の日には江戸を発《た》ち、藤沢へ戻るところでしたが、ちょいと出かけると言い残して出たきり、姿が見えなくなりました」

「なるほど。だが今日になっても姿が現れぬ。その方は、似顔絵を描いて皆に見せ、捜していたというわけだな」

そう言ったのは在吉である。早口になっていた。

「はい。ほとほと困っておりました。宿場では、私たちの帰りを今か今かと待ち焦《こ》がれておりました。いつまでもここには居られませんから、明日にも江戸を発とうと考えておりました。お武家様方は、この似顔絵の男に覚えがあるのでございましょうか」

自分は相模藤沢宿で畳《たたみ》職人をしている、為次郎《ためじろう》という者だと名乗った。捜しているのは文平で宿場の旅籠の次男坊だという。

「うむ。実はな、こういうことがあった」

吉豊は、昨日橋場町の総泉寺で、棺桶に押し込まれた男の死体が発見された顚末《てんまつ》を話した。小柄な男で、背丈は恐らく為次郎と名乗るこの男の耳のあたりまでか。そして顔形が似ていて、着物は白地に藍《あい》色の絣《かすり》の模様が入っていたことを伝えた。

棺桶に押し込まれたのは、昨夜深川大川河岸の遺体安置所に置かれた夜の間だろうと付け加えた。

「なんてこった。でもそれは文平に違いありません。あいつは旅籠に入る前に、神明宮さんにお参りをしてくると言って、一人で出かけていったんです。暮れ六つごろでした。菅笠《すげがさ》と振り分け荷物だけを置いていきました。あっしだけが先に宿へ入ったんです。こんなことになるならば、一緒に行けばよかった。つい疲れていたもんだから、一人で行かせちまった」

為次郎は目に涙を溜めた。

「それっきりということだな」

「はい」

「遺骸には、財布はなかった。ただ小指の先ほどの狼糞が油紙に包まれて、袂の中にあった」

「それは、お守りとして三峰神社で求めたものです。それならば物盗りにやられたのでしょうか。文平は他に預かってきた金の残り三両ほどと、三峰神社の疫病除けの護符十枚、それに祈禱用の狼糞を赤子のこぶしほどの大きさで持っていたはずです。何かあった場合を考えて、三峰で受けたときから、その二品は文平と私とで半分ずつ分けて持っていたのです」

「金と護符、狼糞が奪われたということだな」

大黒屋での祈禱に使われた護符と狼糞は、おそらくそれではないか。

在吉もそう考えたらしく、目を輝かせた。すぐさま問いかけた。

「その方、文平が戻らぬということで、あちこちと捜しまわったのではないか。手がかりはなかったのか」

「宿を取ったのは浜松町三丁目ですが、四丁目のうさぎ屋という居酒屋で飲んでいたのを、店の女中が覚えていました。あいつは酒飲みでしたから、もしやと思って訊いてみたんです」

「一人で飲んでいたのか」

「いえ、そうではありませんでした。白い狩衣姿の祈禱師といった感じの男と、飲んでいたそうです。初めは二人だったのですが、そこへもう一人祈禱師がやって来て、三人でしばらく飲み、揃って出て行ったということです。その後のことは、どこを訊いて廻ってもいっこうに分かりませんでした。それで似顔絵を描いて、ここにいたのです。気が付いた人が、いるんじゃないかと思いましてね」

「その居酒屋へ行ってみよう。女中は、祈禱師の顔を覚えているかもしれぬし、話していた内容を耳にしているかもしれない」

「そうですね。あっしには、話の内容など聞いていなかったと言いましたが、旦那方が訊けば、違うことを言うかもしれません。あっしもご一緒しますぜ」

　吉豊と在吉は、為次郎に連れられて居酒屋うさぎ屋へ向かうことになった。浜松町四丁目は、金杉川《かなすぎ》に程近い。江戸の海にも近く、ここもコロリが蔓延している場所である。

「ええコロリが始まってから、お客なんて、いつもの四半分も来ませんよ。だから文平という初めて来たお客さんでも、覚えていたんです。白い狩衣の祈禱師も一緒でしたから」

二十歳そこそこの肥えた女中が、相手をしてくれた。まだ暮れ六つ前とはいえ、客は一人も入っていなかった。

「では、その者たちが話していた内容を聞いたのではないか。また互いに呼び合う名を、耳にはしなかったのか」

在吉はたたみかけるように訊いた。

「それは聞いてはいませんね。どんなに混んでいようと、すいていようと、お客の話なんていちいち聞いていたら仕事になりませんよ。お生憎《あいにく》さまでしたね」

「では、もう一つ訊ねよう。やって来た祈禱師の年恰好や顔形、まだ覚えているか。どうだ」

「それはまだ覚えていますよ。なんていったって、一昨日の晩のことですからね」

「どんな男だったのか」

「先にいたのは、歳の頃は二十二、三ですかね。ちょいと鼻は団子鼻でちょいと上を向いているのが愛嬌ですが、目鼻立ちの整った、なかなかいい男でしたよ。そうそう額の左の生え際にホクロがありましたね。後から現れたのは、そうですね。三十半ばくらいの胸板の厚い肩幅のある人ですね。塩辛声だったけど、あの声を張り上げて祈禱をしたら、ずいぶん皆、びっくりするでしょうね」

在吉はそれを聞いて、吉豊に頷いてみせた。玄海と玄達だと察した模様である。在吉は大黒屋で、祈禱師三名の顔を見ていた。

四

「なるほど。その二人は、玄海と玄達である可能性は高いな」

平川町の山田屋敷へ戻ってきた吉豊と在吉から、吉利はことのしだいを詳しく聞いた。外はとっくに暗くなっている。行灯《あんどん》の油が、じじっと焦げる音がした。

「明日は、居酒屋うさぎ屋を出てからの足取りを洗ってみます。共に旅をした為次郎も捜したということですが、もう少し念入りにやってみるつもりです」

在吉が言った。かなり乗り気になっている。

文平の遺骸は、すでに無縁墓地に運ばれたはずである。そのことは為次郎に教えてあり、江戸を発つ前に寄ると話していた。

「玄海が使った三峰神社の護符と狼糞が、文平から盗んだものとはっきりすれば、この一件は落着です。しかし有無を言わせぬ証拠がない限り、玄海らはそれを認めないと思われます」

「そうだな。あやつら三名は、自ら秩父三峰まで行って、護符と狼糞を受けてきたと申しているわけだからな」

吉豊の言葉に、吉利は頷いた。

「秩父まで行って、調べてくれれば別ですが、それには手間と日にちがかかりすぎますね」

在吉はぼやいたが、それができれば一番確かな手立てである。ただそれまでは捕縛できないわけだから、その間に逃げられてしまう虞《おそれ》は濃厚だった。

「女郎の言った金の成る木が、護符と狼糞だというのは、よく分かります。その二つがなければ、五十両もの大金を得ての祈禱はありえません。奪った護符と狼糞を使って祈禱しているならとんだいかさまです。三人とも怪しいですね」

「うむ。殺した上で奪ったのであろうな」

「ただこの二品を持っていた文平を殺したのが、玄海か玄達のどちらか。あるいは両方。居酒屋には現れなかった玄峰ですが、これもどこかで加わっていないとは言い切れませんが」

「だがな、投宿している旅籠山城屋の番頭は、昨夜は玄海だけが戻りが遅くなり、四つごろになった。他の二人は、一刻前には帰っていたと話していたぞ」

「なるほど、兄上のおっしゃる通りでした。だとすれば、玄海が一人でやったということになりますね。うさぎ屋を出て、玄達を先に帰したということでしょうか」

「まあ、そうなるな」

「なぜ、一緒にやらなかったのでしょうか」

吉豊と在吉が話している。

「その大黒屋の祈禱だが」

吉利は、二人の息子に話しかけた。

吉豊と在吉は話をやめて、父親を注視する。

「その方らが戻る前に、大黒屋の番頭が参った。昼間出かけた礼に参ったのだが、四郎左衛門のコロリに罹患《りかん》したせがれは、快方に向かっているということだった」

「ということは、盗んだ護符と狼糞でやった祈禱が、効いたということでしょうか」

在吉が訊いた。少々不満そうな顔をしている。子どもが助かるのは喜ばしいことだが、あのまやかしと疑っている祈禱のせいで快復するというのは、納得がいかぬということらしい。

「大黒屋はそう思って、ありがたがっている様子であった。だが祈禱のせいかどうかは分からぬ」

「どういうことですか」

「四郎左衛門は、人胆丸の他にも、滋養強壮の薬湯をかなり飲ませているらしい。水分を摂《と》らせることは大事だと考えているのだ」

「それははからずも、池田殿が言った蘭方の治療法と重なるわけですね」

吉豊が口を出した。吉豊はじかに、池田の口から聞いている。しかし四郎左衛門は、誰かから聞いたとは言っていなかった。思いつくままを、実行したのであろう。

池田はコロリの治療法を伝えるために尽力すると言っていたが、それはまだ人々の間に広まっていない。四郎左衛門は薬を売ることは考えても、水分のことは客たちに知らせようとはしていなかった。

「まじないではなく、町の者がせめて患者に水分を摂らせることを励行《れいこう》すれば、案外早くに、コロリは退散するやもしれぬのにな」

「はい。しかし町の者は、腹の痼はくだ狐だと信じ込んでいます」

「そうだな。大黒屋の番頭が申しておった。コロリは、本来の名はコレラ、だが三日ほどでころりと亡くなってしまうので、この名で広がった。人によっては、化け物による病だと考えているから、狐《コ》、狼《ロ》、狸《リ》なのだと言う者もあるという」

「騙《だま》され、食われるということですね。そういうものがいそうな繁華な場所や、人気のない寂しい土地にはますます人が行かなくなる。女郎屋や矢場などには閑古鳥が鳴いているということです」

こう言ったのは在吉である。

そこへ門弟の一人がやって来た。お吟が水を求めにやって来たというのである。吉豊と在吉が井戸端まで出て行った。いつもの在吉ならば、お吟というと嫌な顔をするのだが、今夜はそんな素振りは見せなかった。事情を知らない吉利は、少し不審に思った。

今朝貸し出した桶を荷車に載せて、お吟は井戸端の暗がりにいた。淡《あわ》い提灯《ちょうちん》一つだけが灯っている。配下の娘二人を連れていた。

「お房さんは、相変わらずだよ。でも悪くはなっていないからね」

吉豊の顔を見ると、お吟はまず言った。背後に在吉がいるので、気付いたときは少し戸惑《とまど》った顔をしたが、知らんぷりをした。

「芝神明は、どうだったんだい」

気になっていたのだろう。向こうから訊ねてきた。吉豊も、何よりも先に伝えたいと思っていた。

「殺されたのは、どうやら文平という旅人だったようだ」

吉利に伝えたことと同じ内容を、吉豊は話した。

「やったのは、玄海という祈禱師だね。三峰の護符と狼糞があれば、祈禱に箔《はく》が付く。それが欲しくてやったんだよ」

お吟は決め付ける言い方をした。

「でもそれで、秩父から来たのではないのは、はっきりしたね。どこから来たんだろう。宿の番頭に言った八王子なんてのはさ、そこから秩父へ行く街道はあるけど、どこまで本当かどうかは分からないね」

「仲間同士で呼び合っている名も、宿帳に記した玄海などという表向きのものとは違うからな」

吉豊は何気なく言った。そのことは、お吟には話していなかった。

「何ていう名なんだい」

「確か玄海が捨造、玄峰が三八、玄達が吾助といったな」

「ふうん」

いったんそう言ってから、すぐにお吟は、はっとした顔になった。

「吾助というのは、どういう人だい。年頃とか顔形はさ」

問われて、吉豊はどぎまぎした。三人の祈禱師の顔は見ていない。だからお吟の言葉に応えられないのは当然なのだが、知らないということに気後《きおく》れがあった。

「歳は二十二、三だな。がっしりとした骨太の男だった。団子鼻がやや上を向いているが、それ以外は整った顔だ。そういえば左の額の生え際に、ホクロがあったな」

横にいた在吉が説明した。

お吟は在吉が話し出したことを、一瞬意外に感じたらしかったが、言葉を聞いているうちに顔色を変えた。

「ほ、ほんとに、額の生え際にホクロがあったのかい」

まじまじと在吉の顔を、見詰めている。

「おれは今日、大黒屋の祈禱の折に、顔を見たのだ」

「じゃあ、間違いないね」

お吟は念を押した。深長な眼差しをしている。

「いったいどういうことなのだ」

吉豊が問い質《ただ》した。ただ事ではない雰囲気を感じたからである。

「お房さんが、この間の地震で別れ別れになった吾助さんも、歳は今二十三で額の生え際にホクロがあるんだよ」

「ほう」

驚いて、すぐには言葉が出ない吉豊である。

「コロリ騒ぎで、江戸へ戻ってきたんだろうか」

お吟はすっかり、祈禱師の一人がお房の会いたがっている相手だと思い込んでしまったようだ。

「しかしな、吾助という名は、そう珍しいものではないぞ」

「そうだけどさ、額にホクロがあって、鼻がちょいとご愛嬌に上を向いている吾助さんは、そうは大勢いないと思うよ。がっしりとした体つきだって言うのも、ぴったり重なっている。あたしは吾助さんの顔は見たことないけど、お房さんから何度も聞いているからね。分かるんだ」

「そう言われれば、そうかもしれぬ。だが決め付けるのは、早計ではないか」

「吉豊さんらしい、慎重さだね。でもこっちには時がないんだ。何しろお房さんはコロリに罹っているんだからね。もしそうならば、すぐにも会わせてあげたいよ」

「どうしようというのだ」

「これから、深川の旅籠へいってみるよ。そしてあんたは昔、本郷春木町の櫛辰というところにいた櫛職人かって聞いてみる。もしもそうだって言ったら、霊岸島まで連れてゆくんだよ」

「しかし、そうではないかもしれぬぞ」

「そのときは、そのときさ」

お吟は、腹を決めているらしかった。

「旅籠は、深川佐賀町の山城屋だと言ったね」

「そうだ」

お吟に問いかけられた在吉が、弾かれたように応えた。

「ならば、おれも同道しよう。相手は、文平を殺した極悪人かも知れぬからな」

吉豊が一歩前に出た。

汲んだ水の運搬は、在吉と他の娘に任せた。吉豊はお吟と共に、そのまま山田屋敷を後にした。

五

お吟は、小走りになっていた。麴町から深川はかなり距離があるので、神田川に出て、そこで猪牙舟《ちよきぶね》を拾った。

刻限は、六つ半（午後七時）をやや過ぎたあたりである。

神田川を流す舟は、やはり数日前と比べて少なかった。指折りの繁華街である八《や》ッ小路《こうじ》や両国広小路から漏れてくる騒音も、明らかに小さかった。

「早く、早く」

と、お吟が急《せ》かせるため、舟は速力をあげて進んだ。深川佐賀町の船着場へ滑り込む。

河岸の道を足早に歩き、山城屋へ向かう。明かりを灯している店は少なく、通夜を営《いとな》んでいる家が二軒あった。

山城屋は明かりを灯していたが、玄関先には、下足番の爺さんががぼんやりと上がり框《かまち》に腰を下ろしているだけだった。

「祈禱師の玄達という人がいるだろ。呼んでもらえるかい」

　お吟は急き込んで言った。爺さんは、早口で聞き取れなかったのか耳が遠いのか、「はああ」と間の抜けた声をあげた。

　三度繰り返して言って、ようやく相手に伝わった。

「あの祈禱師らは、戻っていねえ。一度帰って来たんだが、出かけていった。よほどの儲け仕事があったのか、今夜は飲みに行ったんだ」

　声高《こわだか》に言った。

「どこへ行ったのか、分かるかい」

　分かればお吟は、そこへ行くつもりである。

「さあ。そんなことは知らねえさ」

　あっさり、言われてしまった。戻るのを待つしかなかった。

　二人で、上がり框に腰を下ろした。すぐ隣に座るのは憚られたので、吉豊はやや離れた場所に尻を乗せた。宿の軒下を見ると、八つ手の葉が吊るしてあり、柱には何枚かの『みもすそ川』と『釣船清次宿』が貼られている。

　下足番の爺さんは、どこかへ行ってしまった。お吟は、天井の一点を見詰めたきり、物思いに耽《ふけ》っている様子だった。

　気を張って過ごしているのに違いないが、横顔がやはり疲れているように見えた。

きちんと、寝ていない顔だ。

吉豊は何か話しかけたかったが、口にする言葉がどうしても浮かばなかった。こういうとき在吉ならば、慰《なぐさ》めの言葉の一つや二つかけてやれるのではないかと、そんなことを考えた。

仕方がないので、山城屋の玄関先を見回した。そして「おおっ」と我知らず声をあげていた。

玄関を上がった先に、太い賀正の文字を記した白紙が貼られている。その前には大振りな三方に半紙と裏白を敷き、大小の鏡餅が重ねて置かれていた。鏡餅の上には譲《ゆず》り葉《は》、熨斗鮑《のしあわび》、海老《えび》、昆布《こんぶ》が正月さながらに飾りつけられている。

「ど、どういうことだ」

多少のことでは驚かない吉豊だが、これには仰天《ぎょうてん》した。

お吟がそれに気付いて、口に笑みを浮かべた。

「通りに出て、玄関先をよく見てごらんよ」

そう言われて、吉豊は建物の外に出てみた。するともう一度、「おおっ」と声をあげた。考えられないことが起こっている。

玄関の両脇に、門松が立っていた。先ほど走り込んだときは、暗がりでもあったし急いでもいたから気付かなかったのである。

「な、なぜこのようなことをするのだ。正月はまだ、半年も先ではないか」

信じられぬという気持ちで、お吟に問いかけた。

「この旅籠の身内からも、コロリの患者が出たんだね。医者に診せても、薬を飲ませても、いっこうに効かない。神頼みをするのが精一杯。でもそれでは足りない。そこでさ、疫病に呪《のろ》われた年なんて、さっさと終わらせてしまうことにした。これで終わりさと、けじめをつけたのさ。それで一足早く、正月を始めているんだよ」

「…………」

「霊岸島でもさ、そういう家は、けっこうあるよ。皆、疫病を追い出したくて、必死なんだよ。思いつくことは、何でもしているよ」

町中に篝火を焚き、夜中に太鼓を叩いて歩き回る。力士を呼んで、四股を踏ませる。そういえば、いろいろな対応を昨日今日のうちに吉豊は目の当たりにしていた。

「そうか。この家の患者も、よくなればいいな」

「うん。あたしもそう思う。だからこちらの用事が済んだら、湯冷ましの薄い塩水をたくさん飲ませるように、話をしておくよ」

話をしているうちに、外に足音が聞こえた。近づいてくる。吉豊とお吟は、顔を見合わせた。

敷居を跨《また》いで入って来たのは三人連れの男たち。旅籠の浴衣を借りて着ていた。その中で最後に入ってきたのが、団子鼻が僅かに上を向いた男。左の額の生え際に、小さなホクロがあった。

三人は、上がり框に腰掛けている吉豊に目を向けた。目が合ったが何かを言うわけではなかった。そのまま、上がっていこうとしている。

酒を飲みに行ったということだが、どの男も酔ってはいない。ほどほどで切り上げたという感じだった。

「吾助さん」

お吟が声をかけた。笑顔はない。助けを求める声だ。

吾助と呼ばれた男は、お吟に顔を向けた。怪訝《けげん》な眼差しだ。他の二人の男も、お吟に目をやった。

「あんた。本郷春木町の櫛辰で、職人の修業をした吾助さんだろ」

一瞬、えっという顔をした。それは明らかに反応といえるものだったが、すぐに何事もない顔に戻った。

「さあ、本郷春木町の櫛辰などというのは、初めて聞く名だな。どこぞの誰かと、間違えているのではないか」

　あっさりと言った。けれども突き放すといった言い方ではなかった。言い終えてから、ちらりと玄海の顔を見た。

「あたしは霊岸島銀町の裏長屋万吉店《まんきちだな》というところで、お房さんと暮らしている。あの人は生きているんだよ。地震のとき、下谷茅町からあたしが怪我したあの人を引きずって逃げたんだから」

　お吟はそこまで、一気に言った。そして洟を啜った。

「あれから三年になるけどさ、お房さんは吾助さんのことを片時も忘れてはいないよ。今でも、添いたいと願っているよ。あの地震がなければ、次の日に吾助さんは、自分で作った黄楊櫛を持って来てくれることになっていた。だからあの人は、吾助さんのために着物を縫ったんだ。火事になっても、その着物だけは持って逃げた。そして今でも、それをあの人は大事に持っている。誰にも袖を通させてはいない。たった一人の男にしか、着せないつもりだからだよ」

　話しているうちに気持ちが高ぶったのか、お吟は言葉を切った。お吟は泣くのかと吉豊は思ったが、そうではなかった。はっきりした声で続けた。

「お房さんは、いまコロリにかかっている。うわ言のように吾助という名を呟いているよ。会いたいんだね……。もし会えたら、疫病だって癒《い》えるかもしれない。でも長い時はないんだ。コロリは三日が勝負だからね。罹ったとはっきりしたのは今朝、時が過ぎるほど症状は重くなる。だから早くしたいんだよ」

言い終えて、男の顔を見詰めた。目は、何で正直に言わないんだよと、責めている。強い目だ。

相手は、身じろぎ一つしないでお吟の言葉を聞いていた。顔には、反応らしいものは何一つ浮かんでいない。だが吉豊は、それが何よりの反応なのかも知れないと考えた。

衝撃が大きいとき、吉豊自身も身の内の心の動揺を抑えようとする。そうすると、顔はどうしても無表情になるのだった。それと同じではないか。

それでも男は、何かを言おうとした。だがそのとき、玄海が塩辛声を出した。

「この娘さんは、勘違いをしていらっしゃるようだ。コロリに罹った親しい人がいれば、なるほど気持ちも穏やかではなくなるだろう」

そう言ってから合掌し、短い調伏の言葉を上げた。

「行くぞ」

終わると、顎をしゃくった。有無を言わせぬ言い方だ。三人の男たちは、二階への階段を上っていった。

吾助と呼ばれている男だけが、一度振り向いてお吟の顔を見た。

「あの人は、ぜったいお房さんのいう吾助さんだと思うんだけどね」

あきらめのつかない顔で、お吟は言った。

「だがな、あの者たちは文平を殺している可能性がある。とすれば、あの男も罪人だということになるのだぞ」

吉豊はお吟の言うことに同感だったが、頭に浮かんでいるもう一つのことを口にした。事実は事実として、受け入れなくてはならないからだ。

「うん。それは初めから分かっているよ。でもさ、お房さんは今、生きるか死ぬかの瀬戸際《せとぎわ》なんだ。たとえ人殺しだって、ほんとに吾助さんならば会わせてあげたいよ」

お吟の気持ちは、無骨者の吉豊にも痛いほどよく分かった。

第四章　路地裏

一

翌朝まだ暗いうちに、お新とおたまは深川佐賀町の旅籠山城屋が窺《うかが》える河岸の道にしゃがみ込んだ。もちろん地味な身なりのまま。お吟から、祈禱師三人組を見張って欲しいと頼まれたのである。

十七になるお新には、おイネを亡くし、さらにお房がコロリに臥《ふ》せっている状況で、お吟の肉体的な疲れや心労がどれほど深いかよく分かっていた。次の年長者として、支えていかなくてはと考えている。だから頼まれた仕事は喜んで承知した。

おたまはまだ十歳で、仲間内では最年少だった。体も小さいので、年よりも下に見られる。それが気に入らないので、いつもは誰よりも濃い目の化粧をしていた。しかし今は、身を派手に飾ろうとする者などいない。湯灌場で働くか、お房の看病にあたるか、どちらかの暮らしである。

　十代ばかりの女所帯だから、お吟やお新の目に付かないところで、お姉さんぶったり小さな意地悪をしたりする者がいないわけではない。けれどもこういう辛い場面になると、皆が力を合わせて乗り切っていこうとする。それは嬉しかった。

　おイネを失った十名には、暮らしの場は皆で住む霊岸島の長屋にしかない。互いに大事に思っていると分かるのが、おたまには喜びなのだ。

　お新の言うことをよく聞いて、お吟の役に立ちたいと考えていた。

「朝の祈禱が始まったよ」

　お新が言った。明け六つ（午前六時）の鐘がそろそろ鳴ろうというとき、鉦の音が響いて、玄海の塩辛声が響き、それに他の声が重なった。

「お腹に響く声だね」

　おたまはお新の顔を見上げながら言った。

「あの声で、稼いでいるんだよ。でもさ、ほんとにあの仲間の一人が、お房さんのいい人なんだろうか。そこは分からないね。まあそれを確かめるのが、あたしたちの役目なんだけどさ」

お新も、お房から吾助の話は、何度も聞いている。

しかし目星をつけている祈禱師は、人殺しの大悪党だという可能性があった。もしそうならば、奪った護符と狼糞で祈禱をするという、いかさま師でもあるのだ。

「できれば、違ってほしいね」

「うん」

お新の言葉に、おたまが頷いた。

お房の好いた人ならば、人殺しであってはならない。また人殺しならば、お房の言う吾助であって欲しくないのである。

「出てきたよ」

しばらくして、店先の様子を見に行ったおたまが戻ってきた。

白狩衣に黒烏帽子、足は草鞋履きだ。錫杖《しゃくじょう》を手にして、背中には箱型の祭壇を担っている。三人の顔つき体つきを見ているだけで、誰が玄海で誰が吾助かということが、お新の目にはすぐに判断がついた。

三人は大川河岸の道を南へ行くと、永代橋を渡った。自分たちの長屋のある霊岸島を通り過ぎて、京橋へ出た。

大通りを南へ向かってゆく。

道端で蹲《うずくま》って、嘔吐をしている中年男がいた。背筋がびくびく痙攣《けいれん》している。三人の祈禱師はそれにちらと目をやったが、何事もなかったように通り過ぎた。

お新とおたまはそれに近寄ろうとしたが、その前に町役人が駆け寄って、蹲る背中をさすった。町の者に、何か指図をしている。またこれを見て、うつると言って遠巻きにして走り過ぎる者もいた。

少し歩くと、今度は病人を、戸板に乗せて運んでいる姿もあった。医者へ運ぼうとしているのだろう。行き過ぎた跡に、吐瀉物の白っぽい水が流れていた。異臭がそこから漂っている。

祈禱師たちは足早だ。何があっても気に留めない。次々に町木戸を越えてゆく。

「あっ、あれは、昨日大黒屋で白い煙をあげて厄払いをした祈禱師たちだよ」

そう言っている声が聞こえた。響きに賛嘆がある。

「あやかりたいねえ。なんまいだ」

合掌する者もいた。評判はよさそうだった。

「お願いいたします。我が家へもぜひ来ていただき、ご祈禱をしていただけねえでしょうか」

五十絡《がら》みの、継《つぎ》はぎだらけの半纏《はんてん》を身に纏《まと》った男が出てきて、祈禱師の前で土下座をした。

「孫が、コロリで死んじまう。もう三日目なんだ。体がどんどん小さくなってしまってよ。ぜひとも助けてもらいてえんだ」

半泣きの声になっている。

祈禱師らも立ち止まった。真ん中を歩いていた玄峰が、体を屈めて男に話しかけた。小さな声である。何を言っているのかは、お新には聞こえなかった。

男が必死の形相《ぎょうそう》で何か言った。

すると玄峰は首を横に振った。そして三人は、再び歩き始めた。

「ま、待ってくだせえ」

懇願の声をあげたが、三人は振り向きもしなかった。

「たった一人の孫なんだ。娘夫婦がやっと授かったんだよ」

悲鳴ともいえる声だったが、むなしく響いただけだった。端《はた》で声をかける者はいなかった。

「あれはね、祈禱師が金を出せるかって訊いたんだよ。そしたら、今は出せないから、働いて払うって答えたんだ。でもそれじゃあ、駄目みたいだね」

おたまが言った。小柄なおたまは、いつの間にかやり取りの場近くに寄っていたのである。

さらに歩いてゆくと、竹川町の町並みに入った。大黒屋の重厚な木看板が見えた。

今日も朝から客が集まっていた。

『当家の薬は、三峰山御神犬疫病除け祈願済み』

こんな張り紙が出ていた。風にも揺れない真っ直ぐに立ち昇る白煙は、庭の外にいた者も見ていた。それはこの近辺で評判になっている。

「これはこれは、昨日は、たいそうお世話になりました」

店の中から、番頭らしい羽織姿の男が飛び出してきた。何か小声で玄海に語りかけていた。上機嫌といった顔付きである。

「そうでござるか、それは重畳《ちょうじょう》」

聞き終えた玄海は、笑みを浮かべ合掌した。他の二名もこれに倣《なら》った。

大黒屋には十一歳になる跡取りがいて、コロリに罹っていると聞いていた。どうやら疫病が治ったのかもしれなかった。

お吟の話では、体から出た水分の量だけ、大黒屋では薬湯を飲ませているということだった。基本的には、お房にしている治療法と同じである。それで治った可能性は大きいが、店の者たちは、祈禱のお陰だと信じているのだろう。

三名の祈禱師が、番頭と共に大黒屋へ入っていった。店の前にいた客たちは、間を空けて彼らを通した。

建物の中から祈禱の声が聞こえてきた。店にいた客たちが、「おお」と声をあげた。

「今度は、どんな祈禱をしているんだい」

店の外にいた大黒屋の小僧に、お新は話しかけた。軽く肩をぶつけて、いかにも親しげに話しかける。口先だけではない笑みを、目顔に浮かべるのである。若い男から話を聞き出すときによくやる方法だ。

「昨日の祈禱は、上々だった。だから今度は、すべての部屋で厄払いをしてもらっているわけさ。厠《かわや》にいたるまでね。かなりの寄進がいるらしいけど、店から死人を出すわけにはいかないからさ」

小僧の口ぶりは、誇らしげだった。

一刻以上、塩辛声が響いた。

祈禱が終了すると、三名の男たちが通りに出てきた。僅かに、体から麝香《じやこう》のにおいがした。今度は番頭だけでなく、主人らしい男まで彼らを見送った。

祈禱師は竹川町の隣、出雲町《いずもちよう》へ入る。棺桶を担いだ葬列とすれ違った。今日も、いくつもの葬列を見かけることになるだろう。もう葬列を見ても、誰も反応を示さない。

「あれは棺桶じゃないね。味噌樽だね」

見ていたおたまが言った。

「ほんとだ。体が小さい子どもならば、あれでも入るからね。新たに作るのが、間に合わなかったんだろうよ」

「うん。大繁盛《だいはんじょう》らしいね、棺桶屋は。値もつりあがっているんだろうね」

「まったく、世知辛《せちがら》いよ。これじゃ貧乏人は、おちおち死ぬこともできなくなるじゃないか」

お新は息巻いている。

この町一番の大店は、丸越《まるこし》という屋号の葉茶屋である。間口も広く、丸に越の字を染め抜いた藍色の日除《ひよ》け暖簾《のれん》が目に鮮やかだ。店先を通ると、いつも微かな茶の香がにおってくる。

玄海ら祈禱師は、この店の前で立ち止まった。

三名は横一列に並び、中央にいた玄海が、手にした錫杖でとんと地を打ち付けた。先端の鉦の輪がりんと鳴って、短い祈禱の声を上げた。すると中から、店のおかみらしい身なりのいい中年の女が出てきた。

祈禱が済むのを待って、丁寧なあいさつをした。

「どうぞ、お入りくださいませ。粗茶など一服」

「うむ。さすれば」

厳しい顔で頷いた三名は、店の中に入った。この店は、大黒屋のように混んではいなかった。

酒食を供する歓楽街だけでなく、普通の町の大店老舗から裏通りの小店に至るまで、商いは沈んでいる。特に鮮魚など生物《なまもの》を売る店、屋台の食い物屋には、人が寄り付かなかった。

しばらくして、丸越の建物から、本格的な祈禱の声が響いた。

「あいつら、高い祈禱料を取れる、金持ちしか相手にしないんだね」

おたまが、ぶすっとした声で言った。

「ほんとだね」

つけたのは、半日に満たぬ短い間だったが、おたまの言うことは事実だとお新も思った。しょせん疫病の混乱に乗じて、ぼろ儲けをしようとしているだけの者たちなのか。吾助はお房への情愛も、まともに生きる気概《きがい》も失ってしまった、偽祈禱師でしかないのか。それともやはり、別人なのか。

見張った結果をお吟に伝えるのは、お新にはとても気が重かった。

二

吉利と吉豊は午前中、芝増上寺《ぞうじょうじ》の北側にある大名家上屋敷へ、刀剣の鑑定に出かけた。藩主直々《じきじき》の要望だった。

備前の刀工初代康光《やすみつ》の互《ぐ》の目丁子乱れの一刀である。応永《おうえい》年間（室町）の作で、初代康光は名人と謳《うた》われた人物だ。真正ならばなかなかの値打ちものとなる。

「どうせ贋作であろう」

献上ものだという。初老の藩主は、初めは見縊《みくび》っていた。しかし吉利の鑑定は、本物だった。

「いささかの瑕瑾《かきん》も、ございませんな」

「そうか、それはありがたい」

藩主は喜んだ。

鑑定が済んだ後、吉利は上機嫌な藩主と、半刻（一時間）ほど話をした。吉豊はその脇で無言のままそれを聞いていた。

幕府は徳川斉昭《なりあき》や松平慶永《まつだいらよしなが》などの、将軍継嗣《けいし》を巡って井伊直弼と対立した一橋派に謹慎《きんしん》を命じたと、藩主は口を切った。

「井伊は強気だからな、思い切った大鉈《おおなた》を振るうだろう。幕政も動いてゆくぞ」

饒舌《じょうぜつ》である。異人が江戸の町を闊歩《かっぽ》し始めたことも、承知していた。話題の豊富な男だったが、市井《しせい》に蔓延しているコロリについては、一言も触れなかった。関心がないらしかった。

まだ浪人者を除く武家から、罹患者が出たという話は聞いていなかった。

幕府は将軍継嗣問題に端を発した政争と、あいつぐ異国との条約締結にまつわる諸問題に忙殺《ぼうさつ》されている。コロリ対策どころではないというのが、吉利が得た感触だった。

藩邸を出た後で、吉豊は吉利に言った。

「これから浜松町へ行ってまいります。殺された文平が、居酒屋で玄海と玄達の二人と酒を飲んでいたことまでは分かりましたが、その後の足取りが摑めません。店の女中は、彼らが何を話していたか聞いていなかったと話していますが、もし客の中で聞いていた者がいれば、そこから足取りを探ることができるかもしれません」

「分かった。行ってくるがいい」

在吉は朝から一人で芝へ赴《おもむ》き、文平の足取りを追うことになっていた。しかし人胆丸に関する商家からの面倒な談判があり、そちらの対応を余儀なくされている。へたをすれば、一日動けなくなる様相だった。

浜松町は、増上寺の北側からならば、目と鼻の先だった。

「おや、お侍《さむらい》さん。またのお越しですかい」

居酒屋うさぎ屋の肥えた女中は、吉豊の顔を見て言った。器量は悪いが、気さくな女だ。昼前のことだから、もちろん店は開いていない。

額に汗を光らせて、掃除をしているところだった。

「殺された文平が、白狩衣の祈禱師と酒を飲んでいたときのことだが、他に客はいなかったのか」

吉豊が訊ねると、女中は雑巾《ぞうきん》掛けをしていた手を休めて考え込んだ。

「コロリが流行り始めた後だからさ、けっこう客は少なかった。それでも四、五人はいたね」

嬉しそうに言った。思い出すことができたので、ほっとしたようだ。

「ええとね、駕籠舁《かごか》きの竹造《たけぞう》と梅造《うめぞう》、それに荷運び人足の善太《ぜんた》、弥次郎《やじろう》。それからご浪人の松尾陣内《まつおじんない》様という人。顔が浮かぶのは、そのくらいですね」

「それだけいれば、充分だ」

一人一人の住まいを訊いた。すると女中は、急に顔を曇らせた。

「駕籠舁きの竹造さんと梅造さんはさ、あのときはぴんぴんしていたんだけどね、その後すぐにコロリに罹っちまった。どちらも今朝方に亡くなったって聞いたよ」

「そうか」

芝の海際は、霊岸島と同様初めからコロリの発症が多かった場所である。そういうことがあっても、不思議ではなかった。

荷運び人足の二人と、浪人者の住まいを確かめて、吉豊はうさぎ屋を出た。

まず行った先は、金杉川を渡った南側である。ここでも幾つかの葬列とすれ違った。その中に白狩衣姿の祈禱師を見かけた。あの玄海らかと思ったが、そうではなかった。衣服が埃っぽい。草鞋履きだった。長旅をして江戸へやって来たものらしかった。そういえば、托鉢《たくはつ》をする旅の僧らしい姿も何人か目にした。

しばらく江戸は、祈禱やお祓いをする者たちの稼ぎ場になるのだろうかと、吉豊は考えた。

金杉裏町一丁目に着く。自身番で、善太と弥次郎が住む長屋を教えてもらった。助蔵店《すけぞうだな》という古びた長屋で、木戸口を入ると、猛烈な焼きにんにくの臭気が押し寄せてきた。もちろん八つ手の葉もぶらさがっているが、柊《ひいらぎ》の枝に鰯の頭を挿したものを戸口に置いている家もあった。

「ちょいと無駄足だったね。善さんも弥次さんも、朝出たきり夕暮れ時になるまで帰らないよ。あの人たち、棺桶を担ぐんで忙しいんだ。祝儀も貰えるからって、毎朝張り切って出かけてゆくよ。あの人たちは、コロリのお陰で、稼いでいる方だね」

井戸端で洗濯をしていた初老の女が教えてくれた。路地は、汚れて洗った下帯や二布が、所狭しとぶらさげられている。

次に行ったのは、小田原藩大久保《おだわらはんおおくぼ》家上屋敷の裏手にある、北新網町《きたしんあみちょう》だ。ここの卯吉店《うきちだな》には、浪人松尾陣内が暮らしている。松尾は手習い師匠と爪楊枝《つまようじ》を削る内職をして、生計を立てているということだった。

卯吉店は、全戸の腰高障子《こしだかしょうじ》脇に、小さな松の枝が飾られていた。軒下には、これも粗末だが注連《しめ》飾りがぶら下げられている。一足早い正月をしているのだった。

だが正月らしい明るい雰囲気はどこにもなかった。薬湯を煎《せん》じるにおいと、吐瀉物のにおいが微かによどんでいる。

「うむ。確かにあの日、見かけぬ小柄な男が、白狩衣を纏《まと》った祈禱師のような男と話をしていたな」

爪楊枝を削っていた手を止めて、松尾は言った。二十代半ば、無精ひげが顔半分を覆っている。

「話の内容を覚えてござるかな」

浪人とはいえ相手が武家なので、吉豊は一応丁寧な物言いをした。

「しかとは覚えておらぬが、初めは東海道の宿場の話をしていたな。どこであったか」

「藤沢宿ではござらぬか」

文平は藤沢宿の人々の意を受けて、三峰神社へ代参をしたのであった。

仲間の為次郎は、護符と狼糞を持って、江戸を出立《しゅったつ》しているはずだった。もちろんこれまで調べたことは、橋場町の岡っ引きにも伝えている。

だが動いている気配はなかった。

「そうそう、何でも白狩衣の方は、藤沢宿の隣、平塚宿の出だったようだ。ずいぶんと懐かしがって、あれこれ訊ねておった。どちらもコロリが蔓延している土地だからな、案じている気配でもあった」

「外で出会って、白狩衣は、旅人と生まれ在所が近いことを知ったわけだな。それで酒でも飲みながら、そこの話を聞こうとしたわけですか」

「そういうことであろう。拙者《せっしゃ》には分からぬ土地の名がずいぶん出ておった」

文平と玄達すなわち吾助はどこかで出会い、同郷であることを知ったのである。藤沢宿と平塚宿の間は、四里（約十六キロ）ほどしか離れていなかった。馴染《なじ》みのある宿場であり風景だったはずだ。

代参を終えた文平には、ようやく江戸に辿り着いたという気の緩みがあったとしてもおかしくはない。そして生まれ在所を平塚に持つ白狩衣にしてみれば、故郷のにおいをふんだんに撒き散らす文平が、懐かしかったのかもしれなかった。

ただ文平は、三峰神社御神犬の護符と狼糞を持っていた。これがあれば、コロリ騒動の江戸で、偽祈禱をしていく上でどれほどの利益をもたらすか分からない。そう考えたとしたらどうだろう。

お房が慕う吾助であるかどうかは別として、気持ちが動いても不自然ではないと吉豊は思った。

「三峰神社の話をしていなかったですか」

「さあ。していたかもしれぬが、いないかもしれぬ」

松尾にしてみれば、聞き耳を立てていたわけではない。これだけ分かっただけでも、御《おん》の字かもしれなかった。

「拙者は、もう一人の白狩衣が来たところで、うさぎ屋を出てしまった。その後のことは、何も分からんよ」

荷運び人足の善太と弥次郎からどのような話を聞けるか、それによって新たな展開が拓《ひら》けることを吉豊は願った。

三

善太と弥次郎が戻ってくる夕方まで、芝で時間潰しをするつもりは吉豊にはなかった。足は霊岸島に向かった。

祈禱師玄達こと吾助は、平塚宿の出だと分かった。お房が所帯を持とうと約束した櫛辰の元職人吾助は、どこの生まれの者か。平塚とまったく関わりのない土地ならば、違う人物だということになる。

長屋は、相変わらずにんにくのにおいに溢れていた。吉豊にしてみれば、苦痛でしかないにおいだが、長屋の人たちは厄除けのために本気でしていることである。お吟らはしていないが、どの家もしていることだから、少しくらいの風が吹いたくらいでは消えていかない。

「今日も、来てくれたんだね吉豊さん」

顔を覗かせると、お房の枕元に座ったお吟がほっとした様子で言った。ほんの少し前に、薄い塩の湯冷ましを飲ませたところだという。人胆丸も服用させている。今日で二日目、病状は一進一退。ただ顔には、コロリ特有の皺々はなかった。

「塩の湯冷ましなんてさ、うまいわけないよ。でも苦しいのを押して飲んでいる。飲んでくれるから、助かる」

「そうか。それは何よりだな」

「うん。何とか吾助さんに会わせてあげたいね。そうしたら、助かる気がするんだけど」

話し声を聞きつけたのか、隣室にいたお新とおたまが顔を出した。おたまは茶碗と箸《はし》を持っていた。早朝から祈禱師らの様子を探り、たった今戻ってきて遅い昼食を摂《と》っていたところだという。

お房には聞かせたくない話なので、吉豊はお吟とお新らのいる部屋へ移った。看護は、もう一人いる娘に頼んだ。

お新らの膳《ぜん》は、飯と味噌汁、それに茄子《なす》と里芋《さといも》の煮物。それに親指ほどの大きさの黒豆らしきものが皿に載っていた。生物は、もちろん一品もなかった。

「あんた、昼は済ませたのかい」

気を利かしたお吟が、訊いてくれた。

「いや、まだだ」

「そうかい、こんなものでよかったら、食べていくかい」

「うむ、かたじけない。馳走《ちそう》になろう」

空腹感は忘れていたが、そう言われると腹の虫が鳴った。

お吟が、同じ膳を出してくれた。用意をしている間に、お新らに三名の祈禱師の朝からの動きを聞いた。

京橋出雲町の葉茶屋丸越を出た後、三人組はもう一軒大店に寄ってから、深川佐賀町の旅籠山城屋へ戻ったという。

「金の亡者《もうじゃ》みたいな連中だったよ」

おたまは歯に衣《きぬ》着せぬ物言いをした。黒豆風を飯に載せ、せっせと口に運んでいる。

「口が奢《おご》っている吉豊さんだから、旨《うま》かあないかもしれないけどさ。腹が減っていれば、何だって食べられるよ」

山盛りにした飯と一緒に、吉豊の膳をお吟が運んできた。何だろうと思っていた黒豆風が、小魚を醬油《しょうゆ》で煮たものらしいと初めて気が付いた。

「馳走になろう」

おたまがしているように、飯の上に載せて口に入れてみた。小魚は醬油味だがそれだけではない。何か出汁《だし》が混じって煮られているらしく旨かった。初めて口にする食べ物である。

煮た小魚だが、形も崩れていず香ばしい。

「それ、初めてだろ」

「うむ。なかなかの味だな」

「そうだよね。佃煮《つくだに》っていうんだ。生の魚は怖いけど、これならばたっぷり煮てあるから危なくないし、長く取っておくことができる。きっと評判になるよ」

こましゃくれたことを、おたまは言った。

佃煮はもともとは佃島の漁師たちが、売り物にならない雑魚《ざこ》や貝を煮て、保存食としていたのが始まりである。それを日本橋呉服町《ごふくちょう》に住む青柳才助《あおやぎさいすけ》という男が、小魚や貝を醬油、砂糖、みりんなどを用いて加工した。商いとして売り始めたというのである。

鮮魚は危険だというので、飛ぶように売れていたとお新が説明してくれた。コロリが新商売の売れ行きに、火をつけたということかもしれなかった。

「佃島の周辺はさ、鯊《はぜ》や海老、あみ、白魚なんかが獲れるから、いろいろな煮物ができるだろうね。買うだけだったら、手間もかからないからね」

お吟も言った。

初物の佃煮で、吉豊は山盛りの飯をお代わりした。

満腹になったが、飯を食うためにここへ来たのではなかった。確かめなくてはならないことがあった。

「ところで、吾助という男のことだが」

「何か、分かったのかい」

お吟の目の色が変わった。お新もおたまも、何事だという目で見ている。

「櫛辰へ奉公する前は、どこにいたのかわかるか」

「知っているよ。お房さんが話していた。相模だよ。東海道の平塚宿。さして豊かでもない漁師の家で、五番目の末っ子。つてを頼りに江戸へ出てきて、奉公したってことだったよ」

「そうか」

吉豊の気持ちには、これで決まってしまったという落胆があった。

「それが、どうしたっていうんだよ」

苛立《いらだ》った顔で、お吟が言った。吉豊の、浮かない顔付きが気になるようだ。

「祈禱師の玄達すなわちあの吾助も、どうやら生まれ在所は平塚だということらしい。居酒屋で、やつらの話を耳にした者があった」

「なるほど。そうかい」

お新とおたまは、ふうっとため息を吐いたが、お吟は落胆したわけではなさそうだった。何か考え込んでいる。

「よし、そうしよう」

少ししてから、腹を決めたように言った。

「どうしようっていうのさ」

怪訝な顔で、お新が問いかけた。おたまも同じ目で見上げている。

「これから山城屋まで行ってくる。そして吾助さんを、何が何でも連れてくる。この前は、お房さんを知らないって言ったけど、それは仲間がいたし、それなりのわけだってあったのかもしれない。でも本物の吾助さんならば、きっと気になっているはずだよ。コロリに罹っているって、あたしは言ったんだから」

「必ず、来てくれるっていうわけだね」

「うん。お房さんはさ、起きているときは何も言わないけど、寝付くと必ず吾助さんの名を呼ぶんだ。よっぽど会いたいのさ。会ったらきっと力が湧いて、コロリだって治ると思うんだよ」

お吟の決意ということらしかった。

「盗人《ぬすっと》かもしれないし、人殺しなのかもしれない。どちらにしても、本当のことならば残念だけど仕方がないよ。それでも吾助さんならば、会いたい。あんたたちだって、お房さんの立場ならそう思うんじゃないかい」

「そうだね。盗人になろうと、人殺しになろうと、好いた人は好いた人だからね。何をしていようと、そんなことはどうでもいい。そう思うだろうね。所帯でも持っていて、子どもがいたっていうんなら別だけど、そうじゃないんだからね」

お新も同調した。

「吾助さんは、お房さんが死んだと思っていたわけだろ。だから偽祈禱師にもなったんだろうし、人殺しだってしたかもしれない。でもさ、生きていると分かれば、心を入れ替えるということだってないとはいえないじゃないか」

「ともかく会わせたいっていうわけだね」

「そうだよ」

疲れて青白かったお吟の顔に、赤味が兆《きざ》していた。もうお新にもおたまにも、逆らうことなどできないし、その気もないらしかった。

お房の命は、今日明日が正念場《しょうねんば》である。おイネを失った娘たちは、そのことをよく分かっている。

「じゃあ、行っておいでよ」

お新が言い、おたまが何度も頷いた。

「分かった、それがしも同道しよう。吾助の玄達はともかく、玄海や玄峰はどのような反応をするか見当がつかぬからな」

「ありがとう」

お吟が、ぼそりと口にした。

四

吉豊とお吟は、足を速めた。

一進一退とはいえ、お房の病状はどう変わるか分からない。寸刻を惜しむ気持ちが、それぞれの中にあった。

霊岸島まで来てもらうためには、一人だけ呼び出して話をする。文平殺しや奪われた護符や狼糞の話もしない。あくまでも櫛辰にいた吾助として誘い、お房を見舞ってもらうのである。

「悪さをしているから、お房さんに顔向けができないっていう気持ちもあるかもしれない。あるいはもう、どうでもいいのかもしれないけど、でも顔を見てしまえば、考えは変わることもあるからね」

永代橋を渡った。ここでも棺桶を担った葬列とすれ違った。まだ若い女が、泣き腫《は》らした顔で呆然と歩いている。その後ろを、五、六歳の子が、母親に追いつこうと足を速めていた。

町を出歩いていて、忌中の張り紙や葬列に出会わないことはない。今日一日だけでも、どれほど見かけたか分からない。そして魚介類を売る棒手振《ぼてふり》の姿を、まったくというほど見なくなった。

「これから、どうなるのか。ますますコロリで人が亡くなるのであろうな」

「そうだね。でもさ、コロリは一年中夏のように暑い天竺の病だっていうからね。それならばさ、寒くなれば絶対に治まるよ。それまでの辛抱《しんぼう》だよ」

「本当に、そう思っているのか」

「うん、そうだよ。仲間の子たちには、いつもそう言っている。だから皆、寒くなればって思っている。世の終わりなんかじゃないさ。もちろん、悪魔やくだ狐が来たのでもないよ」

「………」

吉豊は、お吟の横顔をしみじみと見た。賢い娘だと思ったのである。

派手な身なりと化粧で町を練り歩き、莫連娘どもと後ろ指さされて過ごしている。もちろん、ただのあばずれとは感じていなかったが、何者なのだろうと改めて考えた。

何も言いたがらないから訊きもしないが、ぜひにも知りたいと吉豊は思った。

永代橋を渡り終えると、大川河岸の道を川上へ歩く。人通りは多くない。どれも晴れやかさなど微塵《みじん》もない、浮かない顔つきだった。旅籠山城屋の門松が見えてきた。その周囲にも、門松を立てている商家が何軒かあった。

残暑の光が、松と竹を照らしている。

「お願いします」

山城屋の敷居を跨いだお吟は、通りかかった女中に声をかけた。素早く近寄り、用意していた小銭を握らせた。えっ、と驚く顔を無視して、耳元に顔を寄せた。

「三人組の祈禱師の中の、一番若い玄達さんを呼んでいただけますか。他の人には気づかれないように、そっと呼んでもらいたいんですよ」

「ご祈禱をなさる方たちですね」

「そうです」

女中は、困ったという顔をした。握っていた銭を、押し返してよこした。

「あの方たちは、半刻ほど前に、ここをお発ちになりました」

どこからか風が流れてきて、壁に貼ってある賀正と書かれた紙が、ぱたぱたと揺れた。

「宿を引き払った、ということですか」

「はい」

お吟の声が上ずっていた。うろたえた顔だった。

「どこへ発ったか、分かりますか」

女中が返そうとした銭を、受け取らなかった。

「そういうことは、いっさい言いませんでした。いったん戻ってきての、慌ただしいご出立でした」

「ここを出て、どちらの方向へ立ち去りましたか」

「永代橋の方でした」

それだけは、見ていたという。

「追いかけよう」

お吟は言った。だが吉豊は首を振った。

「もう無理だろう。永代橋を渡ったのならば、われらが来た道だ。しかしどこでも出会わなかった。霊岸島から先に行かれては、もう手の打ちようがない」

「うん」

お吟は、湊を啜った。

「祈禱師たちが使った部屋を見せていただけぬか」

吉豊が言うと、女中はお安い御用だと手招きした。

「この部屋でございます」

二階へあがると、大川が一望に見渡せる十畳間へ案内した。襖を開くと、ふた間続きになる。床《とこ》の間付きだが、人がいないとがらんとして、物寂しい印象だった。

「どうぞ、ごゆっくり」

いつの間にか小銭を袂にしまっていた女中は、そう言うと二階から降りていった。

大川一面を、そろそろ黄を帯び始めた日差しが照らしている。荷船や猪牙舟が、水面に小さな航跡を残しているが、白装束の祈禱師の姿など見当たらなかった。

「とうとう、会わせてあげることができなかったね」

お吟は項垂《うなだ》れていた。小さく肩を震《ふる》わせている。泣いているのかもしれなかった。

おイネが亡くなり、お房の命もどうなるか知れない。せめて逢わせてやりたいと考えた吾助も、行く方知れずになってしまった。

「あたしにできることは、もう何もなくなってしまったよ」

ぽたっと、涙が畳に落ちた。

「しっかりしろ」

吉豊は励ますつもりで、お吟の肩に手を当てた。すると堪《こら》えていたらしいお吟が、

「ううっ」と声を漏らした。

額を、吉豊の胸に押し付けてきたのである。体を震わせて泣いている。

「おい……」

声をかけたが、反応はない。まるで赤子だった。

吉豊は、そのお吟の体をそっと抱いた。

泣き声は、すぐにはやまなかった。どうしたものかと吉豊は考えたが、見当もつかなかった。声をかけることもできないし、背を撫《な》でてやることもできなかった。できることは、胸でただ泣かせてやることだけである。気が済むまで泣かせてやろうと思った。

お吟の体の震えが、胸と腕に伝わってくる。女の息遣いを間近に聞き、体に触れたのは初めてのことだった。

ただ愛おしかった。

吉豊は、自分がお吟に対して持っている気持ちを、恋情だと初めて意識した。

五

旅籠山城屋を出た三人の祈禱師は、築地南本郷町《みなみほんごうちょう》の小体《こてい》なしもた屋にいた。築地も東のはずれ、海に面した町である。濃い潮のにおいがして、潮騒の音が耳に響いてくる。佃島に明かりが灯り始めたのが見えた。

海の反対側には、西本願寺《にしほんがんじ》本堂の豪壮な瓦《かわら》屋根が聳《そび》えている。その向こうに、朱色の西日がいましも沈もうとしていた。

この海の見えるしもた屋から船着場は、ごく僅かな距離である。近隣の家は静まりかえっていた。

コロリで、すでに何人もの人が亡くなり、今もなお寝込んでいる者がいる。町には子どもも多数暮らしているが、親兄弟を瞬く間に亡くした直後では、日暮れまで遊んでいる姿を見かけることなど皆無だった。

取り込み忘れた洗濯物が、宵闇《よいやみ》の風に揺れている。

玄海、玄峰、玄達の三人が入ったしもた屋は、漁師をしていた老人と息子、嫁の三人が住まっていたが、三人ともコロリで命を失い空き家になっていた。

そこへ入り込んだのである。

町廻りをしていたときに、発見した。今夜半まで使うだけの仮の隠れ家である。

台所を覗くと米櫃《びつ》には米が、味噌壺《つぼ》には味噌が、そして萎《しな》びかけた青菜がまだ残っていた。玄峰すなわち三八と玄達こと吾助が、酒と豆腐、それに鯖《さば》を一尾買ってきた。生魚など売れないから、見事な鯖だったが捨て値で買ってきた。

鯖は刺身にできるほど新鮮で脂《あぶら》が乗っていたが、そんな食べ方はしない。置いてあった大鍋に、三枚に下ろして切り身にしたものをぶち込んだ。青菜と豆腐を入れて、味噌と酒で味を調えた。ぐつぐつ煮ている。

炊いた米は、後で鍋に入れて雑炊《ぞうすい》にする。酒はもちろん熱燗《あつかん》にした。

「酒は酔うほどには飲むな。あくまでも気付けだ」

玄海こと捨造が言った。

湯気《ゆげ》の上がった大鍋を、吾助が三人が座る真ん中に置いた。もうもうと湯気が上がっている。見ているだけで、汗だらけになっていた。

すでに皆、もろ肌脱いで裸になっている。捨造の体は、筋骨逞《きんこつたくま》しく他の二人を圧倒した。三八と吾助もひ弱な男ではなかったが、捨造と並ぶと明らかに見劣りがした。

「よし、食おう」

三人が、それぞれに箸を突き出す。熱々の鯖や豆腐、青菜を、深皿にとっていく。

ふうふうやりながら、口に運んだ。

「冬の食いもんだが、それなりにうめえぜ」

「そりゃあそうだが、刺身や冷やした豆腐も、食ったら旨かろうな」

「ふん。そんなことをすれば、ころりとなるのは、てめえだってえことを忘れるな」

話していた捨造と三八が、声を上げて笑った。

飲み食いするものには、充分気をつけてきた。火を通したもの以外は、一切口にしない。どんなに汗をかいても、茶や湯冷ましか口にしなかった。コロリに罹った者は、すべて生物を口にしていた。井戸水も、危ないと考えていた。それらは祈禱であちこち回るうちに得た知恵だった。

手洗いや口漱《すす》ぎも、沸かした湯をつかってやった。今の江戸で過ごすことは、とても手間がかかる。しかしそのお陰で、めったにない大金を手にすることができた。

それぞれの男の懐には、これまでの分け前二十両が捻《ね》じ込まれている。しかしそれではまだ物足らないと、捨造も三八も思っている。

「しかし魂消《たまげ》たぜ。千両箱が、主人の居間に無造作《むぞうさ》に置いてあるとはよ」

そう言ったのは、三八だ。酒は二、三杯飲んだきりで、しきりに鍋を食っている。

「大黒屋は、ぼろ儲けで目が眩《くら》んでいる。おれたちの祈禱も評判になり、薬の値はうなぎ上りだ。コロリ様々だろうぜ。土蔵にだって薬だけじゃねえ、千両箱が転がっていることだろう」

と言った捨造は祈禱師というよりも、やくざ者の頭に見える。事実『牛殺しの捨』と綽名《あだな》されて、怪力を武器にして街道の博奕場《ばくち》で用心棒をしたり、賭場荒《とばあら》しの仲間に入ったりしたこともあった。

三八は神官崩れ。遊ぶ金ほしさに神社の奉納金を奪って逃げた。

主に喋っているのは、この二人だ。捨造が続けた。

「この江戸も、今夜限りだ。御神犬の護符だの狼糞だのと、確かに祈禱には張ったりがきくが、そんなもので稼ぐのはまだるこしい」

「大黒屋から、一気に頂戴《ちょうだい》ということですな」

「そういうことだ。こんなでかい仕事は初めてだが、うまくいく。店の者は油断しているし、町はコロリ騒動で他人のことなぞかまっちゃいられねえからな」

奪うのは、千両箱一つきり。すでにそう話し合っていた。奪った後は、そのまま江戸を離れることになっている。

「おい、どうした。意気が上がらねえじゃねえか」

黙って食っている吾助に、三八が声をかけた。さあ飲めと、酒を注いでよこした。

「ああ」

注がれた酒を、吾助は喉に流し込む。鍋の具は食っていたが、酒には手が出なかった。昨日大黒屋へ押し入ろうと決めて旅籠山城屋へ戻ったとき、娘と若い侍がいた。侍は何も言わなかったが、娘は心の臓がどきりとすることを言った。

お房が生きている。霊岸島銀町の裏長屋万吉店にいるということだった。てっきり死んだものだとばかり思っていた。霊岸島ならば、旅籠から京橋へ出るのに毎日のように通っていた場所である。

たいがいのことには驚かないが、さすがにあのときは気持ちの動揺が瞬間顔に出てしまった。

もちろん苦痛ではない。喜びである。だが手放しの喜びだったかというと、そうでもなかった。自分は三年前の吾助ではないという、覆《くつがえ》しようのない思いがあった。

不忍池から上がった若い女の溺死体は、間違いなくお房のものだと考えた。がっくりしていたときに、玄海こと捨造に声をかけられた。地震で天涯孤独になったのかと、声をかけられたのである。

「そうだ」

「ならば、おれについてこないか。旅回りをしているうちには、面白おかしいことがいくらでもあるぜ」

「ああ、ついていこう」

お房とおっかさんのおろく、櫛辰の親方夫婦も亡くなった。職人仲間もばらばらになっている。そんな江戸には、いたくなかった。そう感じていたところだったから、渡りに舟だった。

捨造は、焼け跡へ現れてお房を探す吾助の姿を、三日の間、折に触れて目に留めていた。こうと決めたことは、とことんやり通す。要領を得た尋ね人の張り紙、じっと辛抱をして女が訪ねてくるのを待つ姿。きっぷのよさに、度胸の据わった力強さを感じた。

それで仲間に誘おうと声をかけたのだと、後になって聞かされた。

すでに三八は、仲間に入っていた。関八州《かんはっしゅう》を手始めに、中仙道《なかせんどう》から北陸道《ほくりくどう》と手当たり次第に、偽祈禱をしながら廻った。

喋ることは場を見ながらの口から出任せ。嬉しがらせ、その気にさせて丸め込んでしまえば、あとは搾《しぼ》れるだけの金を取り上げた。小さな強請《ゆすり》やたかりは日常茶飯事《さはんじ》、人の苦境に取り付いて、旨い汁だけを啜《すす》ったことも再三だ。衣服を変えて、宿場の貸元同士の喧嘩《けんか》の助っ人もした。そういうときは、もらえる金の多寡《たか》でどちらにも味方した。裏切ることなど、蚊に刺されるほどにも気にしない。

稼いだ金は、捨造の言葉通り面白おかしく使って遊んだ。

江戸に戻ったのは、甲州《こうしゅう》街道を東に向かっていたときに、東海道を異国からの疫病が東進しているという話を聞いたからだ。治療法はない。江戸はそのために上を下への大騒ぎとなるだろうが、その方が偽祈禱師には都合がよかった。

ひと稼ぎできると踏んだのである。江戸の水が、懐かしくもあった。

だがまさか、お房が生きているとは思わなかった。そして今でも自分のことを忘れず、慕っているという。

ただお房は、コロリに罹っていた。発症したのが昨日の朝だというから、今日で二日目ということになる。

今の自分は、あの頃の自分ではないから、会うことに躊躇《ためら》いがある。だがコロリだというのならば、話は変わってくる。今夜と明日が、闘病の山場となる。治らない限り、その先はないといくつもの実例を見て承知していた。

お房は、自分のために着物を縫ったといっていた。そして誰にも袖を通させずに、今でも持っているという。

実は自分も、あの夜作り上げた黄楊櫛《つげ》を、今でも日々担っている祭壇の中に袱紗《ふくさ》に包んでしまってある。挿《さ》し手のなくなった櫛など、持っていても仕方がない。いっそ捨ててしまおうと何度も思ったができなかった。

コロリに罹ったとはいえ、生きているのならば、生きているうちに髪に挿してやりたい。そういう気持ちは、失われてはいなかった。

けれども現実には、それはできない相談だった。

今夜三人で、大黒屋へ押し込み、千両を奪う。その段取りはすべて整っていた。午前中に店へ行き、すべての部屋に厄除けの祈禱をするといって上がりこみ、間取りを確認してきた。奉公人たちが夜になって、どのように過ごしどこで寝るか、そのことも聞き出している。

さあ、これからという場面になって、勝手に仲間から抜け出せるわけがなかった。捨造や三八は、裏切りを絶対に許さない。必ず命を狙われる。

三年間暮らしを共にしてきた吾助には、仲間の気性は手に取るように分かっていた。まして、千両などという大金は、これまでにお目にかかったこともない金高なのである。

「おめえ、女のことが気になっているんだろう」

三八が狡《ずる》そうな目で、こちらを見ていた。顔は笑っているが、逃げ出すのではないかと警戒している目だった。

「いや、そんなことはねえさ。おれはお房の水に膨れて死んだ顔を、見ているんだ」

「そうかい。勝手なことをしなければ、それでいいんだ」

捨造は言った。三人にはそれぞれの役割がある。

千両箱は半端ではない重さがあり、それを担いで自在に動けるのは捨造だけだろう。三八は夜目が利くし、吾助は江戸の地理に詳しく逃走用の舟を漕《こ》ぐのに、もっとも優れた腕前を持っていた。

「さあ、飯を片付けてしまおう。食い終わったならば、次の用意があるからな」

白狩衣ではいくらなんでも目立ちすぎだ。今夜は満月を二日後に控えた明るい月が出ている。

まずは用意した黒い筒袖とたっつけ袴に着替えなくてはならない。

六

旅籠山城屋を出た吉豊とお吟は、大川の船着場で猪牙舟を拾い芝へ向かった。

金杉裏町一丁目の裏長屋に住まう、荷運び人足の善太と弥次郎を訪ねるためにである。二人は棺桶担ぎに忙しい。次から次へと頼まれて、酒手《さかて》も貰える。朝から大張り切りで出かけたというが、夕刻には戻ってくるということだった。

浜松町の居酒屋うさぎ屋で、文平が二人の祈禱師と飲んでいる姿を、善太と弥次郎は目撃しているはずだった。文平らが何を話していたか、聞いている可能性は大きかった。ぜひとも確認しておきたかった。

「うさぎ屋の次に行った場所が分かれば、ありがたいね」

お吟は言った。

吉豊の胸でひとしきり泣いてから、お吟の顔はすっきりした様子になった。胸にたまっていたものを、泣くということで吐き出せたのかもしれなかった。

猪牙舟に乗ったときには、涙の面影は少しもなくなっている。いつものお吟に戻っていた。

「芝へは、あたしも行くよ」

祈禱師三名を見失った今できることは、文平がうさぎ屋を出た後の足取りを追うことだけだった。

お吟にしてみれば、霊岸島へ戻ってお房の容態を見たいところだが、芝で話を聞くことを優先させた。それは心のどこかに、文平殺しが吾助の手によるものではないと、はっきりさせたい気持ちがあるからではないかと吉豊は推量した。

猪牙舟が金杉川の船着場に着くころ、西空は黄昏《たそがれ》色を濃くし始めていた。夕暮れ以降の葬列はないから、そろそろ長屋へ戻ってもよい頃合だった。

船着場には、運ばれてきた棺桶が、荷船に積まれるのを待っていた。今日のうちに火葬三昧場へ移送できても、焼かれるのは明日になる。棺桶の数は、増えるばかりだった。

昨日あたりまでは、棺桶は白木の新品を使っていたが、今見ると、古材木や酒樽味噌樽を使っているものも目に付いた。棺桶作りが間に合わないということらしかった。

運ばれてきた棺桶の脇で、泣き腫らした顔の老婆が、しきりに繰言《くりごと》を述べていた。

金杉裏町一丁目の長屋へ行った。家の中は留守だったので待とうと話していると、隣家の女房が、うさぎ屋にいるかもしれないと教えてくれた。

うさぎ屋ならば、今度行けば三度目である。

「おや、今度は娘さんを連れておでましかい」

顔見知りの肥えた女中がからかった。吉豊は顔を赤らめたが、お吟はそれにはかまわず店の中を見渡した。

「善太さんと弥次郎さんってえのは、あの人だよ」

客は五人ばかりいた。その中に、屈強な体をした男が、二人で酒を飲んでいる。

五合の酒徳利を貰って、吉豊とお吟は二人の横に腰を据えた。

「まあ、飲んでおくれよ。あたしたちのおごりだからさ」

お吟は、この手の男たちを相手にするのは、手馴《てな》れている様子だった。汗臭い膝や肩に、平気で手を載せたりする。

吉豊ははらはらしながら、その様子を見ている。

「おとついの晩も、この店に来ていたよね。そこでさ白い狩衣を着た祈禱師と若い男が酒を飲んでいた。覚えているだろう」

そう言うと、男たちは「ああ覚えている」と相槌を打った。

「白狩衣は二人いたな。おれたちが来て四半刻（三十分）くらいして出て行ったな」

松尾陣内という浪人者が、話の前半を聞いていた。この男たちが後半を聞いていれば、話の大筋は摑めることになる。

「どんなことを話していたか、覚えているかい」

「話だと。そんなこと、覚えているもんか。人の話に聞き耳立てるなんざ、男のすることじゃ、ねえやい」

「そりゃあ、そうだね。あんたらが、そんなケチなことをするお兄いさん方でないことは、よく分かっているよ。でもさ、話し声が大きければ、聞きたくなくても、聞こえてしまうことがあるよね」

「そりゃあそうだ」

「そいつを、教えてほしいんですよ」

お吟は、忙《せわ》しなく酒を注ぐ。男の膝に手を載せる。その上から手を握られても、何事もないように問いかけを続ける。

「そうだなあ。そういえばあいつら、ずいぶん酒が強かったなあ。白いのとそうじゃないのは、飲み続けていても、ほとんど酔っ払っていなかったな。話もはずんでよ」

「どこか次の店へ行こうって、誘っていたな。いい店があるとか言ってよ」

「うん。何という店だったかな」

『牡丹《ぼたん》』だ。金杉川河岸の路地裏にある店だな」

「そうだ。あの店ならば、おれたちも行ったことがあるな」

善太と弥次郎は、勝手に喋った。

「じゃあ三人で、そこへ行ったのかい」

「たぶんな。そんな感じで、店を出て行ったからな。金は、白いのが払っていたな」

ここまで聞けば、充分だった。

お吟は絡《から》んでいた男の手を、さらりとはずした。

「ありがとうよ」

立ち上がると、吉豊に目配せした。

うさぎ屋から、金杉川河岸へ移動する。河岸から路地を覗くと、確かに牡丹という屋号を付けた小料理屋があるのに気付いた。何軒か飲み屋の並ぶ路地である。しかし明かりを灯している店は、半分ほどしかなかった。

牡丹も、明かりを灯さないうちの一軒だった。小さな門松を立てている。軒下に提灯がぶら下がっていて、他の店の明かりで屋号が見えた。

「ちょいと、誰かいませんか」

閉まっているからといって、それで引くお吟ではない。格子戸をこじ開けて、中へ声をかけた。店の中はひっそりとしているが、奥に人がいると吉豊は感じた。

「もし、どなたか」

三度声をかけたとき、奥から二十半ばといった感じの、細面《ほそおもて》の女が顔を出した。化粧をすれば、それなりの美貌《びぼう》に見える顔立ちのはずだったが、疲れた顔をしていた。

女は、店のおかみらしかった。

「一昨日の晩ですが、白い狩衣姿の祈禱師が、若い男と酒を飲みに来ませんでしたか」

さっそくお吟は本題に入った。

「それが」

戸口まで出てきた女は、申し訳なさそうな顔をした。

「うちは板前がコロリに罹りましてね。一昨日の晩から、商いを休んでいます」

「では、ここでは酒は飲まなかったということですね」

「はい。ずっと閉めていました」

お吟はすうっと息を吐き、力の抜けた顔になった。やっと足取りを辿って、ここまで来たのである。

「では、訪ねても来なかったのだな」

「いいえ、訪ねては見えました」

吉豊が問い直すと、女はそう言った。

「どういうことですか」

お吟の顔色が変わった。

「見えたんです。ここで飲みたいとおっしゃって。白狩衣の方は、前の日に三人でここで飲んでいかれたんです。それで寄ってくださったんだと思います」

「でも、断ったわけですよね」

「はい。こちらは、それどころではありませんでした。あの方たちは、それで他へ行こうと話しておいででした。どちらも、かなり飲んでおいででした」

「どちらもって、三人じゃないのですか」

女の言い方が気になったのは、お吟だけではなかった。三人ならば、皆さんというのではないか。

「いえ。見えたのは、二人でした。ご祈禱をなさる方と、そうでない若い人でした」

「他には、いなかったんですね」

「そうです」

お吟の目に生気が漲《みなぎ》っている。

「一緒だったのは、体のがっしりした三十半ばですか、それとも二十二、三の額にホクロのある男でしたか」

「三十半ばの人でした」

玄海こと捨造である。この時点で、吾助はこの二人と別れていたことになる。文平を殺したのは、これで捨造の可能性が濃くなったということだ。

「この後、どこへ行こうという話をしていましたか」

「それは……」

女は考え込んだ。そしてはっとした顔になった。

「深川がどうとか言っていました。そう言っていたのは、祈禱をする方の人でした」

「誘っていたということですね」

「たぶん、そういう気配でした」

殺された文平は、大川河岸にある深川熊井町にある遺体の仮の安置所で、一昨日の夜、鹿島屋の女房おきんの棺桶に押し込まれた。

安置所は河岸の船着場のすぐ近くになり、深夜には人気がなくなる。コロリのお陰で、酔客もまったくというほどない。

芝からの動きが、ようやくおぼろげに見えてきた。

ただそれ以上は、何も浮かばなかった。女にしてみれば、板前をコロリで失ったばかりのことである。これだけでも覚えていてくれたのは幸いだった。

「ありがとうございました」

お吟は頭を深く下げ、丁寧な礼をした。

「この路地裏の周辺を歩いてみよう」

吉豊はお吟を連れて、細い道を歩いた。路地を抜けると広めの民家となり、板塀が続いていた。路地に並ぶ建物を一回りすると、金杉川の河岸に出た。そのあたりは小家と漁師の船具を収める小屋、網干し場などになっている。明かりのまったく届かない場所もあった。

「ここで殺《や》って、舟で深川まで運ぶということも、できないことではないね」

お吟は、河岸の船着場に繋がる幾つかの小舟に目をやりながら言った。

「そうだな。船中かもしれないし、深川についてからということも、ないではないがな」

「あの捨造ならば、文平という人を殺すのはわけなかっただろうね」

ほっとした声になっている。吾助が殺したという可能性は薄くなった。お吟にはそれが、何よりの気休めになったらしかった。

第五章　五十敲《たたき》

一

山田家先々代の縁者で、八百石取りの旗本谷川槙之助《たにかわまきのすけ》という男が、吉利を訪ねてきていた。特に親しいというわけではなかったが、親戚筋であるので、冠婚葬祭《かんこんそうさい》では当然顔を合わせた。

中奥で御小姓衆を務める、痩《や》せた初老の男である。武術よりも茶の湯に関心を持っていた。人の善《よ》い世話好きとしても、知られている人物だ。

公《おおやけ》の用事があっての来訪ではなかった。私事である。

吉利に後添えを持つことを勧めに来たのである。

「相手の歳は三十四。丁度一回り下でな、一度嫁いでおるが、死別した。気性のよい女子じゃ」

谷川はそう言った。父親は西の丸の奥医師であるという。

この手の話は、志乃の一周忌が済んでから、とみに多くなってきた。初めのうちは、煩《わずら》わしいとしか感じなかったが、近頃は少し気持ちが変わってきた。一家を営んでゆくには、女手が必要だと感じるようになっていた。

志乃を慈《いつく》しむ気持ちはまだ大きく残っているが、それとは別の思いだった。山田家には、四人の息子と多数の門弟がいる。

「まあ、考えておいてくだされ」

即答はしなかった。だが断りもせず、話を終えた。縁があるなら、添うことになるかもしれない。それならばそれでも、かまわないと思った。

谷川が帰ると、しかしその縁談のことは、すぐに頭から消えた。そろそろ夕暮れ時になろうとしていることに気付いたからである。

朝のうち吉利は、芝増上寺近くの大名屋敷へ、吉豊を連れて刀の鑑定に出かけた。

その用事が済んだ後、吉豊は三名の祈禱師の芝での動きを探りたいということで、別行動になった。そろそろ戻って来てもおかしくない刻限だが、その気配はなかった。

お房の病状も、今夜あたりが山場となる。池田が指図した蘭方の治療法を行なっているということだから、快方に向かうだろうという期待は大きかったが、何しろ相手はコロリであった。

どうしているのかと考えていたときに、三人の娘が水を汲《く》みに来た。様子を聞くと、お房の按配《あんばい》はこれまでのまま、そしてお吟と吉豊は、出て行ったきり戻らないとのことだった。

「よし。わしも霊岸島までまいろう」

吉利は、娘たちと同道することにした。

長屋に着いたとき、あたりはすっかり暗くなっていた。霊岸島は日が落ちると、人の通りが極端に少なくなると娘の一人が言った。江戸中に広がりつつあるコロリだが、このあたりから罹患者《りかんしゃ》が減ったわけではなかった。出歩くどころではないのだ。息をつめるようにして暮らしているのだろう。

長屋のある銀町に入った。

「おい、どうしたのだ、これは」

ぞろぞろと、人が歩いてゆく。聞いていた娘の話とはだいぶ様子が異なった。

皆、憑《つ》かれたような目をして町の自身番の方向に歩いてゆく。ある者は仏前に置いてある鉦、ある者は拍子木《ひようしぎ》、太鼓、三味線《しやみせん》、木魚《もくぎよ》、茶碗に箸という者もいた。手に手に鳴物を持って集まっているのである。

「何をしようというのだ」

吉利が、やって来た男たちに声をかけた。

「これから、一晩かけて、コロリ祓いをするんですよ。皆、宗派は違ったって、親兄弟を亡くしたり親しい者を亡くしたりしている。力を合わせて、町中でなんとかしようって、考えたんですよ」

「そうそう。この町に落ち着いてはいられねえんだと、コロリに教えてやり、他所《よそ》へ行ってもらうんでさ」

声高に言った。すでに気合の酒を飲んでいる者もいた。しかし集まっているのは、そういう勢いのある若者だけではなかった。年寄りも、働き盛りも、中には妊婦までも交ざっていた。

どの顔も、思いつめた表情だった。

町を出たコロリがどこへ行き、来られた町はどうなるのか。そういうことを考えるゆとりは彼らにはなかった。疫病神《やくびようがみ》を追い払う。送り神を、町をあげてしようとしているのだった。

自身番の前には、すでに数十人の老若男女が何か念仏をあげてうろうろしていた。台が置かれて、そこには角樽《つのだる》の酒が、何本か並んでいる。

そして次々に、人がやって来る。表店の身なりのいい者だけではない、いかにも洗いざらした、裾《すそ》の擦《す》り切れた半纏《はんてん》一枚切りという老爺《ろうや》もいた。

長屋の木戸口に入ると、いきなり男の怒声が耳に轟《とどろ》いた。

「だから皆で、疫病を祓おうって言っているんだ。あんたんとこが全部繰り出して、お経でも何でも上げて、一晩賑やかにやってくれたら、コロリだって居心地が悪くなるさ。そうやって、皆で追い出そうとしているんだ。その手助けがどうしてできねえんだ。普段は町の人たちに、さんざん迷惑をかけている身じゃあねえか」

顔は赤らみ、目は釣りあがっていた。

「逆らいや、しないよ。勝手にやればいい。でもね、あたしたちは皆、昼間は湯灌場で暇なく仕事して、夜は交替で看病しているんだよ。あたしたちはね、念仏なんか上げるよりも、コロリに罹った仲間をどう助けるか、そのことだけで精一杯なんだ。今夜一晩中騒いだら、明日は誰も湯灌場へなんか行けない。それじゃあ飯も食えないし、病人の看病だってできなくなるんだ」

お吟の声だ。気合が入っているが、怒ってはいない。ただがんとして動かない、そういう気概が伝わってきた。

「このあまっ。町に居られなくなるぞ」

男の声が震《ふる》えている。

しかしお吟は引いてはいなかった。

「さっさとお帰り。皆で集まって、念仏上げるんだろ。こんなところで油売ってちゃいけないよ」

どやしつけた。

「くそっ」

男は、四十代の職人風だった。怒りの顔で引き上げていった。

「おや、山田の旦那。恥ずかしいところを、お見せしちまいましたかね」

お吟は、恥じらいの色を顔に浮かべた。吉豊はやや離れたところで、でくの坊のように突っ立って成り行きを見詰めていた。

「いや、お前らしいと、感心していたところだ」

吉利は、思った通りのことを言葉にした。我に返ったらしい吉豊も、近づいてきて頷いた。

「お房の具合はどうだ」

「今、湯冷ましを飲んでもらっているところですよ」

お吟は、そう言った。

病間にはお新がいて、お房の上半身を膝の上に乗せて頭を胸で支えている。その状態で、丼の湯冷ましを飲ませていた。

「しっかり飲むんだぞ」

吉利が声をかけると、お房は小さく目礼した。顔は確かにコロリ患者にありがちな皺々の老人顔にはなっていなかった。ただ肉が落ち、目が窪んでいるのは明らかである。快復に向かっているとは思えなかった。

塩の湯冷ましを飲むのは、辛そうだった。一日中、そればかりを飲んでいるのだ。ただお房には、生きようとする気力があった。今しがたのお吟の啖呵《たんか》を聞いている。他の者が何を言おうと、仲間を守ろうとしている。その気持ちだけは、疫病に冒されても心に伝わった。そういう表情だった。

仲間の娘たちも、必死で助けようとしている。看病で残った娘以外は、すべて湯灌場で日がなコロリで亡くなった遺体を、清めているのだ。

「こんなに貰ったよ」

娘の一人が、銭の山を嬉しそうに吉利に見せた。この金で、お房に飲ませる塩水に時には砂糖を混ぜてやるのだという。少しでもよくなれば、卵粥《たまごがゆ》もたべさせてやりたい。

「いまお房さんのために精一杯やれば、いつかあたしが困ったときにも、きっとみんな助けてくれる。そう思うから、何でもできる。他人ごとじゃあ、ないんだよ」

その娘が言った。その横で、おたまも頷いている。

吉豊はいつものように仏頂面だが、お吟は興奮気味だった。たった今口喧嘩をしたからではない。吉利が上がり框に腰を下ろすと、まず言った。

「吾助さんは、文平さんを殺しては、いなかったみたいだよ」

もちろん、これを言ったのは、お房の部屋ではない。別棟の部屋でである。聞こえないように配慮して口にしている。

芝から吉豊と、ほんの少し前に戻ったばかりだという。そこでの詳細を、お吟は吉利に説明した。

「そうか。しかし吾助はどこに行ったのか。気になるところだな」

吉利が言うと、近くにいた娘たちも頷いた。

「よし、行くぞ」

捨造が低い、しかし力の籠った声で言った。吾助が手にしていた櫓《ろ》を操ると、舟は南本郷町の船着場から滑り出した。

目の前にあるのは、江戸の闇の海である。

身につけているのは、いつもの白とはうってかわった黒装束。黒手拭いも頭から被《かぶ》って、顎《あご》で結んでいた。闇に紛れてゆく姿だ。三人とも、懐には匕首《あいくち》を呑《の》んでいる。

岸から、どんどん離れてゆく。

「ここらでいいだろう」

捨造が声をかけると、舟が停まった。

「捨てるぞ」

三八が言い、男たちは日々それぞれが背に担っている祭壇を、海に沈めた。箱の中には、常々身につけている白狩衣や烏帽子などが入っている。捨造の箱には、文平から奪った三峰神社の護符や狼糞も含まれていた。

「千両が入れば、もうこんなものはいらねえ」

金が手に入った後は、江戸を離れて面白おかしく過ごすつもりである。証拠になるものは一切残さない。それは三八の提案だった。

盗みは本業ではないから、慎重にやろうということになっていた。

祭壇には、石を詰めてあるから、見る間に黒い海に沈んでゆく。それを見届けたところで舟は岸に近づき、これに沿って南へ向かう。浜御殿《はまごてん》の北側を流れる掘割から、汐留川《しおどめ》へ入る算段だった。岸は大名屋敷である。鬱蒼《うっそう》とした樹木が、白壁の向こうにあるばかりだ。

虫の音ばかりが聞こえてくる。

「うまくしおおせたら、金は山分けだ。それから女を訪ねても遅くはねえ」

「そうだ。そうすりゃあいい」

捨造が言うと、三八が応じた。

「いや。もう、昔の話だ。おれも一緒に、江戸を離れるぜ」

櫓を漕ぎながら、吾助は言った。だが口とは裏腹に、心の中では迷っていた。仲間から逃げ出して、お房に会いに行きたいという気持ちとである。それは時が過ぎるにしたがって高まっている。

吾助は櫓を渾身《こんしん》の力を籠めて握り締めた。全身の力を出すことで、身の内にある迷いや焦りと闘っていた。

千両を奪ったらやつらはそのまま江戸を離れるつもりでいる。そんなとき仲間から離れたら、お房に会う前に殺されるのは分かっていた。一人になった自分が、捨造と三八を売ると考えるからだ。用心深い男たちである。

懐には、大黒屋やその他で稼いだ金二十両が押し込まれている。この金は、これまでの分として、均等に分けて手渡された。

捨造は、他の二人よりも幾分か多めに取りはするものの、金の分配については鷹揚《おうよう》だった。一人だけ旨い汁を吸うということを、しなかった。金のないときは、かっぱらった大根を、三人で分けて齧《かじ》ったりしたこともあった。

そういう意味では、傲慢《ごうまん》な男ではなかった。しかしそれだけに、勝手な動きをすることを極端に嫌った。かつてもう一人いた仲間は、捨造の金を持ち出そうとしてしくじり、腕一本落とされて放り出された。一朱銀一枚のことでである。仲間は泣いて詫びたが、許されなかった。

今度は扱う金の大きさが桁違《けたちが》いだ。捨造も三八も命懸けでやるつもりでいる。三人が役割を果たせば、管理の甘い大黒屋を狙うことは、無理ではないと踏んでいる。

その折も折に、昔の女のために足を引っ張られるようなことをされるのは、何よりも腹立たしいことだろうと、吾助が一番分かっていた。

今抜け出すということは、この二人を肝心なところで裏切り、敵に回すということである。よかれ悪しかれ、三年を共に過ごした仲間でもあった。

けれどもお房は、コロリに罹っているという。昨日の朝からの症状ならば、今夜が命の正念場だ。意識がなくなってからでは、もうどうすることもできない。

櫓を漕ぎながら、吾助は懐に手を当てた。

掌に収まるほどの小さな平たい品が、古い袱紗に包まれている。分け前の二十両よりも、はるかに大事な品である。

お房のために削った、黄楊櫛だった。

吾助の腹が決まった。懐にある櫛は、仲間を裏切ってでも、お房のもとへ行けと囁《ささや》いていた。

二

浜御殿とその北側、尾張徳川家蔵屋敷の間にある掘割には、他に一艘の舟もない。明かりもなかった。船着場に空船が繋がれているだけだ。

吾助が漕ぐ櫓音だけが、水面に響いている。

捨造も、普段は饒舌《じょうぜつ》な三八も、口を利かなくなった。懐に呑んでいる匕首を、着物の上から手で押さえていた。

もう少しで汐留川に出る。初めは大名屋敷が並ぶが、すぐに町家に出るはずだった。近頃はコロリ騒動で、日暮れての涼み舟などめったになくなった。しかしそのあたりへ行けば、何艘かの舟は漕がれているはずだった。

機会を見て逃げ出そうと、吾助はこのときには腹を決めている。

それにはどこがいいか、機会を狙っていた。

二人の押し込みを、邪魔しようという気持ちはなかった。死んでしまうかもしれないお房に、生きているうちに会いたいだけである。

その気持ちは、すでに抑えがたいものになっていた。時間がない。こうしている間にも、お房は死んでしまうのではないか、追い込まれてゆく感じである。

他に舟の気配があれば、そして河岸の道に人の通行があれば、逃げ出した後、捨造らは追跡の手を緩めるのではないかと考えた。

大黒屋を襲う機会は、そうあるわけではない。

コロリ騒ぎで店は予想外の金を手にし、浮かれている今だからこそ、押し込みやすいのである。警戒よりも、明日儲けて売る薬の調達や日に日に高騰する売価の変更などそちらに目がいっていた。普段ならば、主人の居間に千両箱が置いたままになることなどあり得なかった。

千両もの金を奪ってしまえば、さしもの二人も有頂天《うちょうてん》になるだろう。一刻も早く、江戸から離れることを考えるはずだった。

だから今この闇の川からうまく逃げおおすことができれば、捨造らは深追いをしてこない。二人だけで押し込み、金を奪うことを優先させるはずだ。

うまく逃げ出すきっかけさえ摑むことができればと、吾助は考えたのである。

汐留川に入った。

ここへ来ると、さすがに何艘か明かりを灯した舟の姿が窺えた。しかし予想していたのよりは、はるかに少なかった。両岸は大名屋敷なので、明かりはまったくなく、まだ四つ（午後十時）の鐘が鳴る前とはとても思えなかった。

慎重に周囲に目を配りながら、吾助は舟を漕いでゆく。汐留川から三十間堀《さんじっけんぼり》に入り、三十間堀町七丁目の船着場に舟を停め河岸にあがる。この町は、大黒屋のある京橋竹川町の裏側にあたった。

ここから店裏の路地に潜み、四つの鐘が鳴るのを待つ。四つになったら灯明《とうみょう》を上げ、小僧に『三峰御神犬のご加護、邪悪なるくだ狐の霊を祓いたまえ』と念じて、裏木戸から出て店の周囲を一回りするように命じていた。他の者は、室内にいて眠っていなくてはご加護がない。そう伝えてあった。

裏木戸が開き、小僧が外へ出ている間に敷地内へ入り込み、皆が寝静まるのを待つ算段だった。

舟が大名屋敷を抜けた。川は町家の中を流れてゆく。汐留橋をくぐるとすぐに舟は右折して、三十間堀に入った。こちらの方が、川幅が若干広くなった。

三十間堀町七丁目の対岸は、木挽町《こびきちょう》六丁目である。このあたりは芝居《しばい》町で、歌舞《かぶ》伎《き》芝居だけでなく、繰り芝居や講釈《こうしゃく》、浄瑠璃《じょうるり》などの小屋が軒を連ねていた。いつもならば、昼間のような明かりの中で、多数の人が往来し、ざわめきやら芝居の拍子木の音などが聞こえるところだが、そんな気配は少しもなかった。

小屋は閉じられ、屋台店の姿もない。

観客だけでなく、役者までもがコロリに冒されて、亡くなったり病床に臥せったりしていると瓦版が報じていた。

予定していた船着場に、三人を乗せた舟が滑り込んだ。何艘かの舟が舫《もや》ってあるきりで、闇に覆われていた。いつもならば客待ちの船頭が何名もたむろしているところだが、一人の姿も窺えなかった。

まず舟から飛び降りたのは、三八である。いかにも身軽な動きだった。吾助は櫓を握ったまま、捨造が舟から離れるのを待っていた。

その瞬間こそが、最後の逃げる瞬間だと考えていた。ここに来るまで、適当な場所はなかった。陸に上がってしまえば、逃げようとしても、容易《たやす》く捕らえられてしまう。しかし水上ならば、逃げおおすことができると考えた。

たとえ追いかけられても、櫓を漕ぐ腕では、二人は吾助よりも下だった。

捨造が舟から降りた。そして一、二歩。

その瞬間である。吾助は大きく櫓を漕いだ。足に力をためたので、舟が傾《かし》いだほどである。

「こ、このやろう」

小さく叫んだのは、捨造である。怒声ではなかった。大きな声を出すことを、控えていた。吾助の体を摑もうとしたが、突き出した手は空を握っただけだった。

「よし、いける」

吾助は胸の内で呟いた。さらに大きな力を、櫓に籠《こ》めた。

舟に勢いがついた。乗っているのは、一人だけである。だがそのとき、勢いのついた船首が何かに激しくぶち当たった。大きな振動が、漕いでいた吾助の全身を震わせた。

空舟が、いきなり目の前に突き出されたのである。こちらの船首は、その船端にぶつかった。

「こんなこったろうと、思っていたぜ」

空舟を突き出したのは、三八だった。捨造の動きにばかり気を取られていたので、何をしているか注意がいかなかった。暗がりだったということもある。

捨造が揺れた舟に乗り込んできた。振動で体の均衡を崩した吾助は、櫓にかじりついていたところだった。

袖口を掴まれ、船着場まで引き摺《ず》り出された。豪腕で、振り払おうにも歯が立たなかった。

「ふざけたまねを、しやがって」

憤怒《ふんぬ》の眼差しで、向かい合った捨造が吾助を睨んだ。右手を懐に押し込んでいた。匕首を抜こうとしているらしかった。土壇場での裏切りを、激しく憎んでいるのだ。

三八が、退路を断つために背後に回ったのが分かった。すでにキラと月明かりを撥ね返す、光るものを手にしていた。

吾助はじりと僅かに後ろに引いたが、それよりも下がることはできなかった。二人に挟まれている。

覚えず生唾を呑み込んだ。

自分も匕首を抜こうと、懐に手を突っ込んだ。すると匕首の柄の横に、財布も押し込まれていることに気がついた。財布には二十枚の小判と、小銭が少々入っている。吾助は、財布を摑み取った。なかなかの重みだ。

それを捨造の顔に投げつけた。

財布は振り下ろされた匕首で、船着場の床に落ちた。小判の触れ合う高い金属音が、あたりに響いた。

小判を投げつけるとは思わなかったのだろう、捨造の動きがごく僅か止まった。吾助はその隙に、停まっていた舟に飛び移った。

櫓に、しがみついた。

「しゃらくせえ」

耳の後ろすぐ近くに、三八の声が聞こえた。あまりの近さに、吾助はぎくりとして振り返った。

三八も舟に乗り込んできていた。それに気付いたとき、下腹に冷たいものが滑り込んできたのが分かった。体が硬直し、一瞬息が吸えなくなった。櫓にしがみつこうとするが、それができない。

匕首が引き抜かれた。するとそのまま、体は舟底へ倒れこんだ。

「おい、小判の音だぞ」

河岸の道で、誰かが叫んでいた。人通りが少ないとは言っても、皆無ではなかった。誰でも小判の触れ合う音には敏感だ。

「船着場じゃねえか」

「そうだ。いってみようぜ」

ばたばたと足音が響いた。

「くそっ」

止めを刺そうとしていた三八は、吾助の乗った舟から飛び降りた。そして船端を足で蹴った。舟は音もなく、船着場から離れて行った。

そのときには、捨造が小判を広い集めてしまっていた。二人は、船着場のはずれにある物置小屋の陰に隠れた。

河岸から降りてきたのは、職人風の男三人である。

「金はどこだ」

探している間に、捨造と三八は物置小屋から河岸の道へ駆け上がった。

舟底に芋虫のように横たわった吾助は、声を上げようとしたが、それができなかった。生暖かい血のにおいがして、傷口を手で押さえるのがやっとだった。

捨造と三八が消えて、ようやくどこへでも行ける身になった。なのに徐々に気が遠のいてゆく。

「お房」

名を呼んだが、声にならなかった。

三

どんと、体が揺れた。

それで吾助は目を覚ました。朦朧《もうろう》として、闇の中にいる。

ここはどこだと思ったときに、櫓を漕ぐ音が遠ざかってゆくのを耳にした。腹に重い痛みがあり、ぼうと目が霞《かす》んでいる。

ああ、自分は仲間から逃げようとして、三八に刺されたのだと気がついた。体が揺れるのは、舟の中に横たわっているからに他ならなかった。

気絶していたのである。どれほどそこにいたのかは、見当もつかなかった。

どんと体が揺れたのは、出ていった舟がこちらの舟にどこかがぶつかったのに違いなかった。

そして真っ先に頭に浮かんだのが、一人の女の顔だった。三年前の顔である。

「お房」

まだ生きているのだろうかと、考えた。自分も明日まで、生きていられるかどうか分からない。下腹を刺されている。穿《は》いているたっつけ袴は、血でぐっしょりと濡れていた。ただ気絶していた間も、手で押さえていたようだ。出血が止まっているのかどうかは分からない。ただ浅手でないことだけは分かっていた。

このまま、死んでしまうのだろうか……。ならば一目でも、お房に会いたかった。懐に手を入れると、硬いものに触れた。袱紗に包んだ黄楊櫛である。

何としても、会わなければと吾助は考えた。

周囲に人の気配はない。ともあれ自分で起き上がろうと、上半身を持ち上げた。舟は左右に揺れたが、櫓にしがみつきながら、どうにか立つことができた。

ただこれだけのことをするだけでも、息が切れた。下腹に鈍痛がある。目も霞んでいるが、霊岸島に向かう川筋は見当がついた。大黒屋から金を奪った後の逃走のための道筋として、下調べしていたのである。

それが役に立った。三十間堀を八丁堀に向けて漕いだ。腕では漕げない。櫓に縋《すが》り付いているだけである。

体を持たせかけて、櫓を扱った。

舟はのろのろ進んでゆく。下腹の鈍痛と、朦朧としてくる頭。このまま眠ることができたら、どれほど心地よいだろうと考えた。

気がつくと、猪牙舟がこちらの舟を追い越してゆく。

深川の旅籠山城屋に娘が訪ねてきた。娘はどこでどう捜したのか分からないが、お房と好いて好かれた男として、自分を捜し当ててきた。

お房はコロリに罹っているが、あの娘は大事にして看病してくれているらしかった。そのようなことは、一言も口にしなかったが、娘の全身から漂《ただよ》っているにおいで感じた。ありがたいと思った。

霊岸島銀町の万吉店。そう言ったのを、忘れてはいない。

あの娘は、お房にどのような看病をしてくれているのか。コロリだとはいっても、悪魔の病だとは吾助は思っていなかった。

コロリが蔓延して、偽の祈禱をしながら江戸の町を廻った。コロリは、異国からきた未曾有《みぞう》の疫病である。しかしすべてがすべて、罹って死ぬわけではなかった。ころりと生き返る者も、少なからずあった。

けれどもそれは、祈禱をしたからではなかった。狼糞など何の意味もない。ただ助かった者のほとんどは、吐瀉や下痢で体外に出た水分を、きちんと補っていた者に限られていた。祈禱をして助かった者の、すべてがそうだった。

だから玄海は、祈禱後に患者に湯冷ましを飲ませることを勧めていた。吾助は、それを正しい判断だと思っている。

腹の中に、狐など入るわけがない。異国の病であろうと、症状の奇抜さや世間の噂に慌てることはない。その特質を見極めれば、対処法もおのずと出てくる。

吾助は、お房を救えると考えていた。だから一刻も早く、会いたいのだ。

三十間堀も終わる頃には、曲がり角があらわれる。これは吾助には難所だった。何度も舫ってある舟や杭にぶつかった。ぶつかり方が急だと、櫓から弾き飛ばされそうになる。必死にしがみつきながら、舟の向きを変えた。

そしてついに、八丁堀川の流れに船首が向いた。黒い水面が、闇に呑み込まれている。そして潮のにおいを、川風の中に感じた。

「もう少しだ」

自分に言い聞かせた。

河岸にも掘割にも、人の気配はどこにもなかった。あるのはただ一つ、満月に近い月の明かりだけである。

黒い水の中にも、歪《ゆが》んだ月が一つだけ浮いている。しかし櫓を漕げば漕ぐほど、それは遠ざかってゆく。

ひと漕ぎひと漕ぎが、永遠に続く苦しみなのかと怖れが芽生えた。

ようやく、亀島川との分岐点に出た。目の先に、霊岸島の河岸が霞んで見えた。この数日、何度も通った道だった。

船着場に漕ぎ寄せた。

櫓を手から離し、舟から降りようとした。しかし船端に足が引っかかって、吾助は船着場に転がった。腹を突き上げる痛みがあって、呻《うめ》き声が漏れた。

海老のように体を丸くした。すぐには立ち上がれない。痛みはますます酷くなっている。息を吸うのも、辛くなってきた。口はからからだ。

このままでは倒れたままになる。懐の櫛を着物の上から摑んで、お房の名を三度呼んだ。微かな力が湧いて、頭だけ上がった。あたりを見回す。すると古ぼけた櫂《かい》が一本落ちているのが見えた。横たわったまま、芋虫のようにして近づいた。

これを杖代わりにして、ようやく立ち上がることができた。ふらつきながら、一歩ずつ足を踏み出した。

しばらく歩いたところで、目の前に異様な物音と明かりが見えた。小さな明かりではない。巨大な火の玉さながらの眩《まぶ》しさがあった。それが少しずつ近づいて来る。

「た、助かった」

吾助は、目を凝らした。

近づいてくるのは、鉦や太鼓、拍子木、木魚といった鳴り物をかき鳴らしながら、勝手な念仏を唱えて歩いてくる老若男女の一団だった。先頭にある松明が、赤々と燃えて揺れた。

「なんみょうほうれんげきょう」

「なむあみだぶつ」

一人一人が、怨霊《おんりょう》にでも憑かれたように中空へ目を据え、放心状態で念じている。

「た、助けてくれ。お、おれは、ま、万吉店の、お房に、会わなければ、ならねえんだ。だ、誰か、連れて行ってくれ」

吾助は、声を限りに叫んだ。けれども、誰一人反応しなかった。下半身血まみれになった黒装束の男に、目もくれなかったのである。

「祓い給え、祓い給え。この町から、くだ狐やコロリを追い出し給え」

百人ばかりの集団は、足音だけを残して闇の奥へ向かっていった。吾助は最後の男の肩に手をかけたが、一瞥《いちべつ》もなく払われた。体はたわいもなく、地べたへ倒れた。

一団はどんどん、遠ざかってゆく。

一人残された吾助は、櫂の杖を頼りに、やっとのことで立ち上がった。そして一人で歩き続けるしかなかった。


娘たちは、夕餉の支度をした。支度とはいっても、青菜の交ざった味噌雑炊に佃煮である。香の物はない。飲み物は白湯《さゆ》。ここで使う水は、すべて麴町の山田屋敷から運んだものだった。

ここの井戸の水は、衣類の洗濯のときに汲むだけである。洗濯をした手は、必ず山田屋敷の水を沸かした湯で洗いなおす。お房の世話をしたときも同様だ。これを徹底すれば病はうつらないと、娘たちは信じている。

だから怖がらずにお房の面倒を見ることができた。

長屋の人たちにも、相変わらず山田屋敷の水を使うように言い続けている。だがやはり面倒がって受け入れない。

「どちらも同じ透き通った水だ。違いなどあるものか」

そう言われると、説明のしようがなかった。お房が治る姿をみせるしか、もう手立てはない。

「よかったら、旦那方も食べていきませんか」

お吟が、食事に誘ってくれた。吉利と吉豊も晩飯を済ませていなかった。お新やおたまらも、食べていけと勧めてくれた。

「では、馳走になろうか」

吉利が言った。吉豊は、はじめからそのつもりだったらしい。狭い部屋に娘らと並んで座った。

「さあ、どうぞ」

吉利の丼が一番初めに運ばれた。湯気を上げている。部屋の中は、若い娘と大鍋の湯気でむんむんしている。

風通しの悪い部屋だ。

佃煮は醬油の味が濃い目で、薄味の雑炊の菜として適切だった。娘たちは汗をかきながら、ふうふう吹いて食事をした。取り立ててうまくはないが、大鍋の飯が瞬く間に空になった。

「お房さんは、今夜もったら、何とかなるんじゃないかね」

「うん。でもコロリは、油断大敵だからね。ちょっとでも気を緩めたら駄目だよ。昼だろうが夜だろうが、ちゃんと湯冷ましを飲ませておかないと」

「飲むのも、辛いんだろうね。あたしが飲ませたときは、何度もすぐにもどしちまってさ。茶碗一杯飲ませるのに、四半刻かかった」

娘たちの話題は、お房のことがほとんどである。どれもみな小声だった。薄い壁だから、隣に丸聞こえになる。お房に余計な気苦労をさせたくないという配慮だ。

食い終えた丼は集められ、娘たちが手分けして洗う。

「井戸の水を使うんじゃないよ」

お吟が言っている。食器を洗う水も、山田家から運んだ水を使う。口に入れるものと、最後の手洗いはすべてそうだ。だから汲んできた水はすぐになくなる。今日は三度往復していた。

お陰で腹が痛くなった者は、一人も現れていなかった。

お吟らは三部屋を借りて暮らしているが、どの部屋の竈《かまど》でも、常に湯が沸かされていた。薪代《まき》がかさむが、金は惜しまない。そのための金を、娘たちは湯灌場で稼いでいる。

力を合わせて、異国からの疫病に立ち向かっているのだ。

飯の片づけが済むと、娘たちは床《とこ》を延《の》べる。お房のために交替で寝ずの看護をするが、多くの者は湯灌場で働いて疲れている。うとうとし始める者もいた。

ただお房の容態は気になるらしく、何度も病間を覗いた。少しずつ夜が更けてゆく。それほど遠くない場所から、町の人たちの念仏と鳴り物の音が響いてくる。一心不乱の声で、消える気配はもちろん弱まる様子もなかった。

だが娘たちは、誰もそれを気に留めていない。

吉豊は、自分からはどの娘にも、まったく話しかけなかった。お房の病間で座っていた。ときおりお吟に目をやる。

その目の向け方が、これまでと微妙に違うと吉利は感じた。何がどうと、具体的に変わったわけではないが、思い詰めた気配があった。

何かがあったのか。ふとそう考えたが、お吟にはこれといった変化があるようには見えなかった。

「では、われらはそろそろ引き上げようか」

吉利が吉豊に言った。娘ばかりの住まいである。お房の容態は気がかりだったが、泊まるわけにもいかなかった。そろそろ、町木戸の閉まる四つになる。

「いろいろありがとう」

出て行こうとすると、お吟が吉豊の側に寄って言った。礼の気持ちが籠っている。

お吟は、口先だけで礼を言う娘ではなかった。

「いや、どうということもない」

吉豊は、無骨な言葉を述べている。顔は無愛想というよりも、無表情に近かった。だが一瞬、喜びの気配が走り抜けたのを吉利は見逃さなかった。

やっぱり何かあったのだな。

吉利はそう思ったが、黙って二人の様子を見ていた。

娘たちに送られて、長屋の木戸を潜って路地に出た。月明かりが、道に二つの影を作った。

どこかで男の嘔吐《おうと》する音が、か弱く夜のしじまに響いてくる。コロリの患者である。家々に明かりは灯っていなくても、闘病する罹患者がいて、看病する身内が闇の中に潜んでいるのだった。

騒がしい送り神の念仏に没頭する人々とは別の病臥《びようが》する人々の姿が、同じ町にはある。お房もその一人だ。それがもし一家の主ならば、女房子どもは数日のうちに路頭に迷うことになる。

「おい」

吉利がそこで足を止めた。黒い闇の通りに、人の気配があった。濃い血のにおいを漂わせている。

「はい」

吉豊も身構えていた。

二人が目を凝らす先に、櫂を杖にした男が、よろよろと近づいてくる。やっとの歩みだ。黒装束で、頭には黒手拭い。体のどこかを、怪我しているという気配だった。

「どうした」

吉利も吉豊も走り寄った。腕を取ると、体を持たせかけてきた。荒い息遣いをしている。やっとここまで歩いてきたらしかった。腹を刺されているようだ。

「お、お房に、あいてえ、ん、だ。ま、まんきちだなは、どこ、だ」

「その方の名は」

「ご、す、け」

それで気絶した。体の重みが、吉利の腕にかかった。

「しっかりしろ」

吉豊が抱き上げ、お吟の長屋まで運んだ。

「ぎゃっ」

吉利らに気付いた娘の一人が、血まみれの男を見て悲鳴を上げた。娘たちが飛び出してきた。

「この人は」

お吟が頭の手拭いをはぎとりながら、吉豊に訊いた。そしてあっと小さな悲鳴を上げた。

「そうだ、吾助だ。ここへ向かっていたんだ」

「生きているのかい」

「だいじょうぶだ」

吉豊は、湯冷ましの水を持ってくるように命じた。その水を顔にかけると、吾助は意識を取り戻した。

「お、お房は」

「間に合ったよ、生きているよ」

お吟は言った。信じられないくらい、優しい響きだった。

「そ、そうかい、じゃあ、こ、これを」

吾助は懐から、袱紗に包まれた小さな平たいものを取り出した。開いてみると、それは黄楊櫛だった。飴《あめ》色の、櫛の刃先が一直線に揃った見事な品である。

「お房に、や、やってくれ」

声が震えている。吾助も、気力を振り絞って話をしていた。

「なに言ってんだい。あんたの他に、だれがこれをお房さんの髪に挿すっていうんだい。あんたじゃなきゃあ、お房さんは喜ばないよ」

叱責されて、吾助は決然と顔を上げた。蒼ざめた蠟《ろう》さながらの顔だったが、目に力が蘇った。

「さあ、こっちだよ」

お吟が手をとった。吉豊が横から腕を差し出し、体を支えた。よろよろと前に進んでゆく。娘たちは固唾を呑んでこの様子を見詰めていた。

吾助が二人に体を支えられて、病間の敷居を跨いだ。九尺二間の狭い長屋である。そのときには、お新がお房の上半身を起こして、後ろから湯冷ましを飲ませる姿勢で支えていた。

「吾助さん……」

かすれた声で、お房がいった。口もとに笑みが浮かんでいる。お新が、乱れた髪を手櫛で整えてやっていた。

「こ、こりゃあ、や、約束した、品、だ」

吾助は震える手で、櫛を差し出した。そして渾身の力を振り絞って膝で体を支え、上半身を乗り出した。指がぶるぶると大きく震えたが、お房の髪に、どうにか櫛を挿すことができた。

「ありが、とう。あたし、コロリなんかじゃ、死なないから」

「あ、あたりめえだ。お、おれがやって来たんだ」

吾助が言うと、お房の目から大粒の涙が零《こぼ》れ落ちた。それを見た吾助の体が、がくりと力尽きた。

吉豊がその体を抱き起こした。そして隣室へ運んでいった。

「大丈夫だよ。ちょいと怪我をしているだけだよ。すぐに池田先生を呼ぶからね。吾助さんは、あたしたちが絶対に死なせやしない。だからあんたも生きなきゃだめだよ。もしあんたが死んだら、きっとあの人だって生きちゃいないからね」

お吟が叱りつけるように言うと、お房は頷いた。

娘二人が、神田お玉が池の池田多仲のいる種痘所へ急いだ。

隣室では、吉豊が吾助の衣服を脱がせ、湯に浸した手拭いで傷口を拭いていた。まだ血がじわじわと染み出てきている。

「匕首で刺されたな」

吉利は傷口を見て言った。

「や、やったのは、三八だ。あ、あいつらは、今夜、よ、四つの鐘が鳴った後、大黒屋へ、押し込む、つもりだ。邪魔する、奴は、殺される。おれは、逃げようと、したから、刺されたんだ」

「そうか、ならば放ってはおけぬな」

吉利と吉豊は、目を見合わせた。大黒屋に金があることは、明らかである。瀕死《ひんし》の状態で現れた吾助の言葉に、嘘はないはずだ。

夜の町へ、二人は走り出た。

四

走っていると、四つを告げる鐘が遠くから聞こえてきた。吉利と吉豊は、亀島川と八丁堀川が合流するあたりの河岸道で立ち止まった。小さな船着場があり、そこに空の舟が浮いているのが見えた。あたりには、微かに血のにおいが漂っている。

近くに落ちていた棒で空き舟を手繰り寄せると、舟底に血の塊が落ちていた。吾助が乗ってきた舟だと思われた。

「乗るぞ」

四つの鐘が鳴ってしまうと、町木戸が閉じられてしまう。いちいち開けてもらいながら、陸路で京橋竹川町まで行くのは時と手間がかかりすぎる。何としても死人や怪我人が出る前に、大黒屋へ辿り着きたかった。

乗り込むと、吉豊が櫓を漕いだ。闇の掘割を舟は滑るように進んでゆく。三十間堀に入っても、さすがに一艘の舟にも出会わなかった。

町明かりも、ほとんど見えない。

汐留川の手前、三十間堀町七丁目の船着場で、吉利と吉豊は舟から降りた。河岸道へ上がる。ここにも人の気配はなかった。月が、通りと家並みを照らしているばかりだ。

ただ芝の方向はるか彼方から、念仏や鳴り物の喧騒《けんそう》が響いてきていた。送り神をしているのは、霊岸島だけではなかった。

竹川町の町木戸は、当然閉じられていた。木戸番を呼んで、姓名を名乗り開けてもらった。

捨造と三八を捕らえてさえしまえば、文平殺しも含めて、罪状を糾明《きゆうめい》することはどうにでもなると考えた。

大黒屋の建物は、闇の中に蹲っている。一筋の光も漏れてくることなく、寝静まっているかに見えた。物音も聞こえない。

店の裏側に回った。狼糞を用いての祈禱の折には、この路地には立錐《りっすい》の余地もないほどに人が集まった。しかし今は鼠《ねずみ》一匹姿が見えなかった。

吉豊が裏木戸に手をかけた。けれどもぴくりとも動かなかった。内側から閂《かんぬき》がかけられている。

「わしの肩を貸そう。板塀を越えられるか」

「はい」

吉豊は口下手だが、体の動きは俊敏で軽い。剣捌《けんさば》きに優れているばかりではなかった。

「では乗れ」

吉利は、板塀に両手を突いた。吉豊は履いていた草履を懐に入れた。

父の肩に飛びついたかと思ったときには、塀を越えていた。地べたに降り立つ微かな音も聞こえなかった。

木戸口が、内側から開かれた。

吉利も、敷地の中に忍び入った。木戸を閉め閂をかけた。

吉豊は夜目が利く。吉利はこの庭は、一度やって来たことがあった。月明かりだけで、充分周囲を見渡せた。庭に人影はなく、縁下に潜んでいる気配もなかった。虫の音が騒がしい。

雨戸は閉じていなかった。夜でも、締め切ってしまうには蒸し暑いころだった。ただ庭のはずれからでは、室内を見ることができない。

庭の縁側よりの隅に、石灯籠《いしどうろう》が置かれている。吉利が顎をしゃくって合図をし、そこまで移動することにした。灌木の梢や葉に体を触れさせぬようにして、二人は体を翻《ひるがえ》した。

部屋の中がよく見えた。主人四郎左衛門の寝室とおぼしい部屋が、建物の奥にある。そこに人の気配があった。

「あれですね」

吉豊が囁《ささや》いた。

立ち動く二つの黒い影がある。白い寝巻き姿の男がしゃがみ込んでいて、敷かれた寝床の上に女が倒れていた。血のにおいはしないから、当て身を喰らっただけのことかもしれなかった。

押し殺した声が聞こえた。何を言っているのかは分からない。

吉利でも吉豊でも、どちらか一人が押し込めば、剣の力で賊《ぞく》は一網打尽《いちもうだじん》にすることができる。

大黒屋は、江戸の人々が苦しむコロリを材料にして、大儲けを図っている不届き至《し》極《ごく》な奴だ。しかしだからといって、四郎左衛門や女房を傷付けさせることはできなかった。そして捨造と三八も、斬り捨てるのではなく捕らえたかった。文平殺害の容疑も、はっきりさせなくてはならない。

吉利が単独で、縁下まで近寄った。身を屈めて、いつでも飛び出せる体勢を整えた。この時点で、刀の鯉口《こいぐち》を切っている。

よく見ると賊のうちで体の細い方が、匕首の切っ先を四郎左衛門の首筋に当てていた。三八である。こちらが下手な動きをして、ぶすりとやられてはかなわない。

吾助はこの三八に刺されたと話していた。

がたいのよい男が、四角い箱を肩に担った。しかしかなり重いらしく、腰を定めるのに若干の手間がかかった。さしもの捨造にしても、千両箱は重いようだ。

これを抱えて、逃げ出さなくてはならないのである。

三八が四郎左衛門を立たせた。すでに後ろ手にして縛りあげていた。金を奪った後は、すぐ手にかけるのではないかと考えたが、そうではなかった。

千両箱を抱えての逃走は容易いことではないから、しばらくは人質として連れ歩く。そういうことも考えに入れているのかもしれなかった。

捨造が歩き始めた。一足踏み出すたびに、畳が小さく軋《きし》んだ。草鞋履きのまま上がっている。縁側に出たとき、蹲っていた吉利は立ち上がった。

もちろんその間に、刀も抜いていた。

「とうっ」

短い気合。刀は峰《みね》に返され、捨造の足を払っていた。

「な、何だ」

千両箱を担ったままでは、身軽に避けることなどできはしなかった。顔を歪めて踏ん張ろうとしたが、吉利の一撃は脹脛《ふくらはぎ》をしたたかに打っている。峰でもその衝撃はそうとうなものになるはずだった。

肩に担っていた千両箱が、手から外れてそのまま前に落ちた。下にあったのは、縁側に上がるための踏み石である。

箱が壊れて、中の小判が溢れて外に出た。それは大きな金属音になった。月明かりが、山吹色を照らしている。

「捨造、覚悟を決めろ」

吉利はその間に体を縁側に躍《おど》らせている。体勢も整えていた。次の一撃が、恰幅《かっぷく》のいい体を襲っている。

刃鳴りが闇を斬り裂いた。捨造は痛みに顔を歪めながら、体を回転させた。その間に匕首を抜いている。

だが吉利の一撃を、そう容易く凌《しの》げるわけがなかった。ちゃりんと、匕首は吹き飛ばされた。

切っ先が、捨造の喉下でぴたりと止まった。僅かでも動けば、そのまま喉に突き刺さる。

「動くな、神妙にいたせ」

そう言うと、捨造は憎々しい顔で吉利を見上げた。

ばたばたと、足音が響いた。小判の音と、縁側でのやり取りに奉公人たちが目を覚ましたのである。

「待ちやがれ、動くのをやめるのは、てめえの方だ」

そう叫んだ者がいた。三八である。三八は、四郎左衛門の心の臓に、切っ先を当てていた。追い詰められた鼠だが、凶暴な眼差しは逃げ道を探っている。

「そうはいかぬ」

穏やかな声で、吉利は応じた。焦ってはいなかった。

「な、何だと。こいつが殺されてもいいのか」

三八は喚いた。

四郎左衛門は、声も出せずに震えている。集まってきた奉公人たちは、身動きもできずに立ち尽くした。

「殺せば、お前の命は必ず失われるぞ。やってみろ。捨造の前に、その方を斬り殺してやる」

「く、くそっ」

怒りと憎しみで顔を歪めた三八は、匕首を握った手を震わせた。だが胸に匕首を突き刺すことはできなかった。

「よし。それでその方、命拾いをしたぞ。脇に誰がいるか分かるか」

そう言われ振り向いた。そこには庭から上がり込んでいた吉豊がいた。腰刀の柄に手を当てている。腰も引かれていた。

「ああっ」

叫んだ三八だが、すでに声を上げたときには、腕を斬りつけられ、手にしていた匕首は中空に跳ね飛ばされていた。

吉豊は四郎左衛門の肩を摑むと、三八から引き離した。

「だ、旦那様」

これを見た奉公人が、四郎左衛門に走り寄った。

「よいか、正直に申せ。でないとこの場で、その方の首が飛ぶぞ」

吉利は峰に握っていた刀を、捨造の目の前で持ち替えた。捨造はごくりと生唾を呑み込んだ。

「相模藤沢宿の住人文平を殺し、懐より三峰神社御神犬の護符と狼糞を奪ったのは、その方に相違ないな」

「ええっ」

捨造の顔に驚愕《きようがく》が浮かんだ。まさかその一件を、ここで問われるとは考えていなかった様子である。

「ど、どうしてみどもが、そのようなことをしたと」

「とぼけるな。護符と狼糞は、秩父まで行って得たのではない。文平を殺して手に入れたのだ」

「そのような証拠が、あるのか」

「七月十日の夜、その方は芝の居酒屋うさぎ屋を出た後、文平と二人だけになった。そして金杉川河岸の小料理屋牡丹へ行った。店は商いをしていなかったが、そこのおかみは、その方のことを、よく覚えていたぞ」

捨造は、あっという顔をした。

次に吉利は、三八に向かって声をかけた。

「その夜は、捨造だけが遅れて旅籠に戻ってきた。そのときに護符と狼糞を、持ってきたのだな」

「………」

三八は、すぐには応えなかった。そこで吉豊が、突き出している刀の切っ先で、喉をつんと突いた。

「へ、へい」

目を剝《む》いた三八は、慌てて返事をした。

「文平を殺して奪ったのだと、そのとき知ったのだな。女郎屋で、金の成る木を仲間が拾ってきたと、その方は話していたそうだが」

「そ、そうです。話を聞いたときは驚いたが、もう殺しは済んだ後だった。遺骸はコロリで死んだ者の棺桶に押し込んだと聞いた。だから誰にも気付かれずに済むと考えたんだ」

「ではその方と吾助は、護符と狼糞は殺した文平から奪ったものと知りながら、祈禱に使っていたということだな」

「へい。あれで誰もが、おれたちの祈禱を信じた。吾助は文平を殺してまで奪う気はなかったから、捨造は吾助を途中で追い返したということだった」

「すると文平を殺し、他人の棺桶に押し込めたのは、捨造だというわけだな」

吉利は捨造に目を向けた。謀《たばか》れば命はない。そういう強い光が目にあった。

「そ、そうだ」

捨造は重い口を開いた。

「話してみよ」

「か、川に流してもよかったが、それでは死体が上がれば、殺しの探索が入るからな。たくさんある棺桶の一つなら、分かりはしない。場合によっては念仏をあげてもらうこともあるだろうと、そう思ったのだ」

「よし。後のことは、奉行所の白洲で、話すがよい」

捨造と三八を縛り上げた。

五

すっかり風の冷たくなった九月下旬。吉利と吉豊は、早朝そろって麴町の山田屋敷を出た。

向かう先は、小伝馬町の牢屋敷だ。しかし今日は、斬首刑の執行があるわけではなかった。敲刑《たたきけい》の執行が行なわれるのであった。

吉利は、五十敲を受ける罪人の引取り人として、出向くのである。罪人は元櫛職で祈禱師を騙《かた》った吾助だった。

吾助は仲間捨造、三八と共に、コロリに苦しむ人々の不安をよいことにして、偽の祈禱をすることで世を惑わせた。特に祈禱に用いた三峰神社の護符と狼糞は、本来の持ち主である文平を捨造が殺害して得たことを知りながら、使用していたことは不埒《ふらち》であった。

許されざる行状である。

しかしながら捨造らの大黒屋押し込みに当たって、襲撃を受け大怪我をしながらも仲間から抜け出し、ことの次第を山田浅右衛門に伝え、下手人捕縛のために尽力したことについては情状酌量《じょうじょうしゃくりょう》の余地があった。

そこで罪科が五十敲と決められたのである。千両を奪おうとした捨造と三八は斬首。特に捨造は一味の頭であり、コロリという

江戸を震撼させた疫病を逆手に取った犯行として、奉行及び吟味与力の怒りを買った。人も殺している。斬首の付加刑として獄門が加わった。すなわち晒《さら》し首である。

小伝馬町への道のりは、通い慣れている。しかしいつもとは、すこし心の持ちようが変わった。

「吾助は、櫛職人に戻るということであったな」

「はい。そのように聞いております」

五十敲は過酷だが、これを耐え忍べば、心を入れ替え新たな暮らしを始めることができる。首を落とされるのとは雲泥《うんでい》の違いがあった。

刑の執行は公開で、牢屋敷の門前で行なわれる。罪囚の居住地の名主家主、引取り人、見物人の見守る中でのことだった。

門前には、すでに何名かの人が集まっていた。

「ああ、浅右衛門の旦那」

甲高《かんだか》い声で呼ばれた。人群れの中に十名ほどの娘がいて、その中の一人が吉利と吉

豊が現れたのに気付いたのである。

娘たちの身なりは、この場にそぐわないものだった。まず化粧が濃い。口の紅はひときわ鮮やかで、濡れたような紅笹色に見える。髪には派手な色の手柄《てがら》を巻いていた。

身につけている着物は、流行の三枡格子《みますごうし》やよろけ縞、男物の霰小紋《あられこもん》を纏《まと》っている者もいた。色合いは藍や茶だが、どれも微妙に色が違って、裾の折り返しや袖口を濃い地色を使って締め緋や紫の襦袢がのぞいている。ゆるく合わせて着ているから、動けばすぐに白い脹脛が見える。

下駄の鼻緒は、目の覚めるような朱色で揃えていた。

あばずれの莫連娘である。態度も傍若無人で、肩でもぶつかろうものならば、相手が誰であろうと睨《にら》みつける。

久しぶりに見る、活発な姿だった。ようやく元の暮らしに戻れた安堵が、一人一人の中にあった。

その娘たちの中に、髪をじれった結びにしている者が二人いた。お吟とお新だ。その脇に、島田髷《しまだまげ》を結ったお房がいた。

「どうだ、具合は」

「もう、すっかり達者になりました。病は跡形もありません」

吉利に丁寧に頭を下げた。前髪に、黄楊の櫛が挿さっている。少しの違和感もなく、もう何年も挿し続けているように見えた。

「何ていったって、吾助さんの顔を見られたんだからね。さしものコロリだって、どこかへ行っちまうよ」

お吟が横で茶化した。

そうは言ったが、お吟は蘭方医池田多仲の助言を忠実に守った。お房を治し、十名近くいた仲間の中から、一人の罹患者も出さなかった。

コロリは、一年中暑い天竺の病だと知ったとき、お吟は「寒くなれば絶対に治まる」と言い放った。その予告通り、北風の吹きぬく九月になって、コロリの勢いはめっきり弱ってきていた。

今では一町に数名が罹患している程度になった。

そうとはいえ、夏の終わりから今日に至るまでに、江戸市中だけでおよそ二万八千人がコロリで亡くなっている。大きな傷跡を残し、町の人々は翻弄《ほんろう》された。

けれどもお吟と娘たちは、希望を失わなかった。踏みつけられても生き残る、雑草のように逞《たくま》しかった。

「お役人衆がやってきたよ」

そんな声があがった。一瞬どよめきが上がって、そして静かになった。

牢屋敷の表門が開かれ、牢屋奉行石出帯刀《いしでたてわき》、見回り与力、検使与力などが現れ、すでに用意されている床几《しょうぎ》に腰を下ろした。その背後には、打役三名、数取り役、医師、押さえ役の牢屋下男《しもおとこ》が従っていた。

すでに門前には、筵《むしろ》三枚が重ねて敷き並べられている。

今日は四名の者に、敲刑が執行されることになっていた。まず初めに、柿渋の弁慶格子の着物を身につけた男が現れた。

居合わせた娘たちの間から、ふうっと息が漏れた。緊張しているので、声にはならなかった。

取り縄をかけられた吾助である。覚悟を決めた眼差しで前を向いていた。身につけていた着物は、三年前にお房が縫った品である。出牢にあたって、牢屋同心に着させてやってほしいと頼み込んだのである。

下男の一人に帯を解かれ、身につけていた着物を脱がされた。その着物は、敷かれている筵の上に重ねられた。

吾助はその上に下帯一つの体になって、俯《うつむ》けに横たわった。両手で、下にある着物の袂を握り締めた。

「科人《とがにん》櫛職吾助、引取り人山田浅右衛門。これより敲五十を執行する」

牢屋同心が声を張り上げた。襷掛《たすきが》けした打役一名が、箒尻《ほうきじり》と呼ばれる打ち道具を手にして、筵の脇に立った。

箒尻とは、長さ一尺九寸（約五十八センチ）、回り三寸（約九センチ）ほどの竹を二つに割り合わせ麻苧《あさお》で包み、その上を紙こよりで巻きかためたものである。重さは軽いが、長さといい手だまりといい、非常に打ちやすいものだが、受け手には応える。

拷問《ごうもん》用に使われる責め道具でもあった。

「一つ」

数取り役が声を張り上げた。箒尻が唸《うな》りを上げて、吾助の背中を襲った。「ひっ」という悲鳴が観衆から上がったが、吾助は歪めた顔を赤くしただけだった。

集まった娘たちは、目を開けてはいられなかった。かたく閉じて合掌し、念仏を唱えていた。

打たれる姿を、身じろぎもしないで見詰めていたのは、お吟とお房の二人だけだった。

「お房さんにはさ、見せない方がいいよ」

娘たちのほとんどがそう言った。お吟も一時はそう考えたらしかったが、牢屋同心からの吾助の言伝《ことづて》を聞いてから、考えが変わった。

「おれはお房が死んだと思ったとはいえ、世を拗《す》ねて人を誑《たぶら》かして生きてきた。敲刑は、そういう自分が生まれ変わるために、何としても超えなければならない覚悟の場だ。その姿を、ぜひともお房に見てもらいたい」

それが、吾助の願いだったのである。

「六つ」

「七つ」

数取り役の声が、空に響いてゆく。そして箒尻の風を斬る音と肉を打つ響き。見物人の中には、居たたまれなくなって去ってゆく者も少なくなかった。

けれども吾助は、額に脂汗をうかべ、歯を喰いしばっていた。握り締めた、着物の袖だけは離さない。呻き声はあがったが、それは悲鳴ではなかった。

「二十二」

「二十三」

数取り役の声が続いてゆく。吾助の背中は肉が裂け、白っぽい繊維の隙間に血が滲《にじ》んでいるのが窺えた。打役の額にも、汗が浮かび始めている。

均等な力で、人を打ち続けていくということは、容易なことではない。お房の目に、涙の膜が浮かんでいた。しかし泣き声を漏らしてはいなかった。吾助と一緒に歯を喰いしばっている。打ち下ろされる敲の一つ一つを、我が身に受け入れているのだった。

これから二人で生きてゆく。吾助とお房は、敲かれることで絆《きずな》を深めているのだと吉利は考えた。

「四十九」

「五十」

最後の数字が叫ばれ、箒尻が唸りを上げた。吾助は最後まで、打たれた直後の呻き声以外は漏らさなかった。

「これにて、敲五十の執行を終える」

牢屋同心が声を張り上げると、我に返った娘たちが駆け寄った。そしてかねて用意してきた戸板に吾助を載せた。

お房が体の上に、敲執行の間敷いていた柿渋の着物を被せた。刑の執行が済めば、どこへ運ぼうと勝手である。

「行くよ」

お吟が気合を入れると、娘たちは瞬く間に牢屋敷表門から吾助の体を運び去っていった。

一〇〇字書評

切り取り線

購買動機（新聞、雑誌名を記入するか、あるいは○をつけてください）

- □（　　　　　　　　　　　　　）の広告を見て
- □（　　　　　　　　　　　　　）の書評を見て
- □ 知人のすすめで
- □ タイトルに惹かれて
- □ カバーがよかったから
- □ 内容が面白そうだから
- □ 好きな作家だから
- □ 好きな分野の本だから

●最近、最も感銘を受けた作品名をお書きください

●あなたのお好きな作家名をお書きください

●その他、ご要望がありましたらお書きください

住所	〒				
氏名		職業		年齢	
Eメール	※携帯には配信できません		新刊情報等のメール配信を希望する・しない		

あなたにお願い

この本の感想を、編集部までお寄せいただけたらありがたく存じます。今後の企画の参考にさせていただきます。Eメールでも結構です。

いただいた「一〇〇字書評」は、新聞・雑誌等に紹介させていただくことがあります。その場合はお礼として特製図書カードを差し上げます。

前ページの原稿用紙に書評をお書きの上、切り取り、左記までお送り下さい。宛先の住所は不要です。

なお、ご記入いただいたお名前、ご住所等は、書評紹介の事前了解、謝礼のお届けのためだけに利用し、そのほかの目的のために利用することはありません。

〒一〇一―八七〇一
祥伝社文庫編集長　加藤　淳
☎〇三（三二六五）二〇八〇
bunko@shodensha.co.jp

祥伝社ホームページの「ブックレビュー」からも、書き込めます。
http://www.shodensha.co.jp/bookreview/

祥伝社文庫

上質のエンターテインメントを！　珠玉のエスプリを！

祥伝社文庫は創刊15周年を迎える2000年を機に、ここに新たな宣言をいたします。いつの世にも変わらない価値観、つまり「豊かな心」「深い知恵」「大きな楽しみ」に満ちた作品を厳選し、次代を拓く書下ろし作品を大胆に起用し、読者の皆様の心に響く文庫を目指します。どうぞご意見、ご希望を編集部までお寄せくださるよう、お願いいたします。

2000年1月1日　　祥伝社文庫編集部

安政《あんせい》くだ狐《ぎつね》　首斬《くびき》り浅《あさ》右衛《え》門《もん》人情《にんじよう》控《ひかえ》　長編時代小説

平成21年12月20日　初版第1刷発行

著　者　千《ち》野《の》隆《たか》司《し》

発行者　竹内和芳

発行所　祥《しよう》伝《でん》社《しや》

東京都千代田区神田神保町3-6-5
九段尚学ビル　〒101-8701
☎03(3265)2081(販売部)
☎03(3265)2080(編集部)
☎03(3265)3622(業務部)

印刷所　堀内印刷

製本所　関川製本

ISBN978-4-396-33548-9　C0193

祥伝社のホームページ・http://www.shodensha.co.jp/

祥伝社文庫・黄金文庫　今月の新刊

篠田真由美　龍の黙示録　水冥《くら》き愁《うれ》いの街　死都ヴェネツィア
イタリア三部作始動！
水の都と美しき吸血鬼…

高瀬美恵　セルグレイブの魔女
『庭師』を超える恐怖…
最新のホラー・ミステリー。

安達　瑶　禁断の報酬　悪漢《わる》刑事《デカ》
地元にはびこる本当の
「悪」を「悪漢」が暴く！

草凪　優　どうしようもない恋の唄
男と女が、最後に見出す
奇跡のような愛とは？

白根　翼　殺したのは私です
芸能界の裏の裏、
色仕掛けの戦い！

佐伯泰英　再生　密命・恐山地吹雪〈巻之二十二〉
遂に五百万部突破！
金杉父子の絆。その光と闇。

吉田雄亮　浮寝岸　深川鞘番所
女の涙に囚われる同心…
鞘番所を揺るがす謀略とは？

千野隆司　安政くだ狐　首斬り浅右衛門人情控
流行病の混乱の陰で暗躍する
極悪人を浅右衛門が裁く！

「西川里美は日経1年生！」編集部　西川里美の日経1年生！
「仕事」にも「就活」にも
役立つ最強の味方。

荻原博子　荻原博子の今よりもっと！節約術
これさえ読めば、家計
管理はむずかしくない！

爆笑問題　爆笑問題が読む龍馬からの手紙
龍馬と時代を、笑いの中
にも鋭く読み解く。